所
以
suoyibook

从练习生到偶像的距离，有多远。

没有人知道，但，依然有很多人选择了这条路。

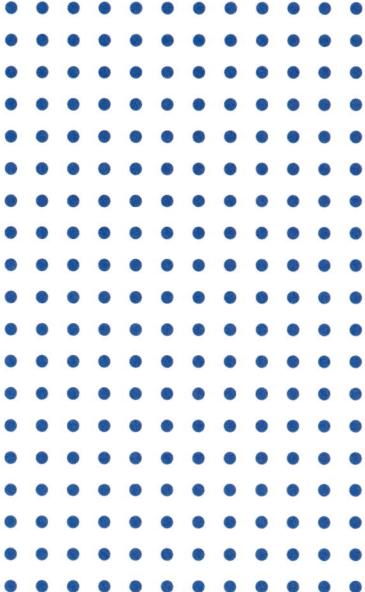

IDOL PRODUCER

爱奇艺文学◎编著

IDOL PRODUCER

偶　　像

练习生

台海出版社

这是练习生的日常，也是我曾经的日常。

——张艺兴

contents

Chapter 1

直到有一天，直到遇见你

这一群闪光的青年，就是青春最好的诠释。不管他们是笑着、闹着，还是哭着、互相安慰着，从他们身上，我们仿佛看到了未来无限的可能。

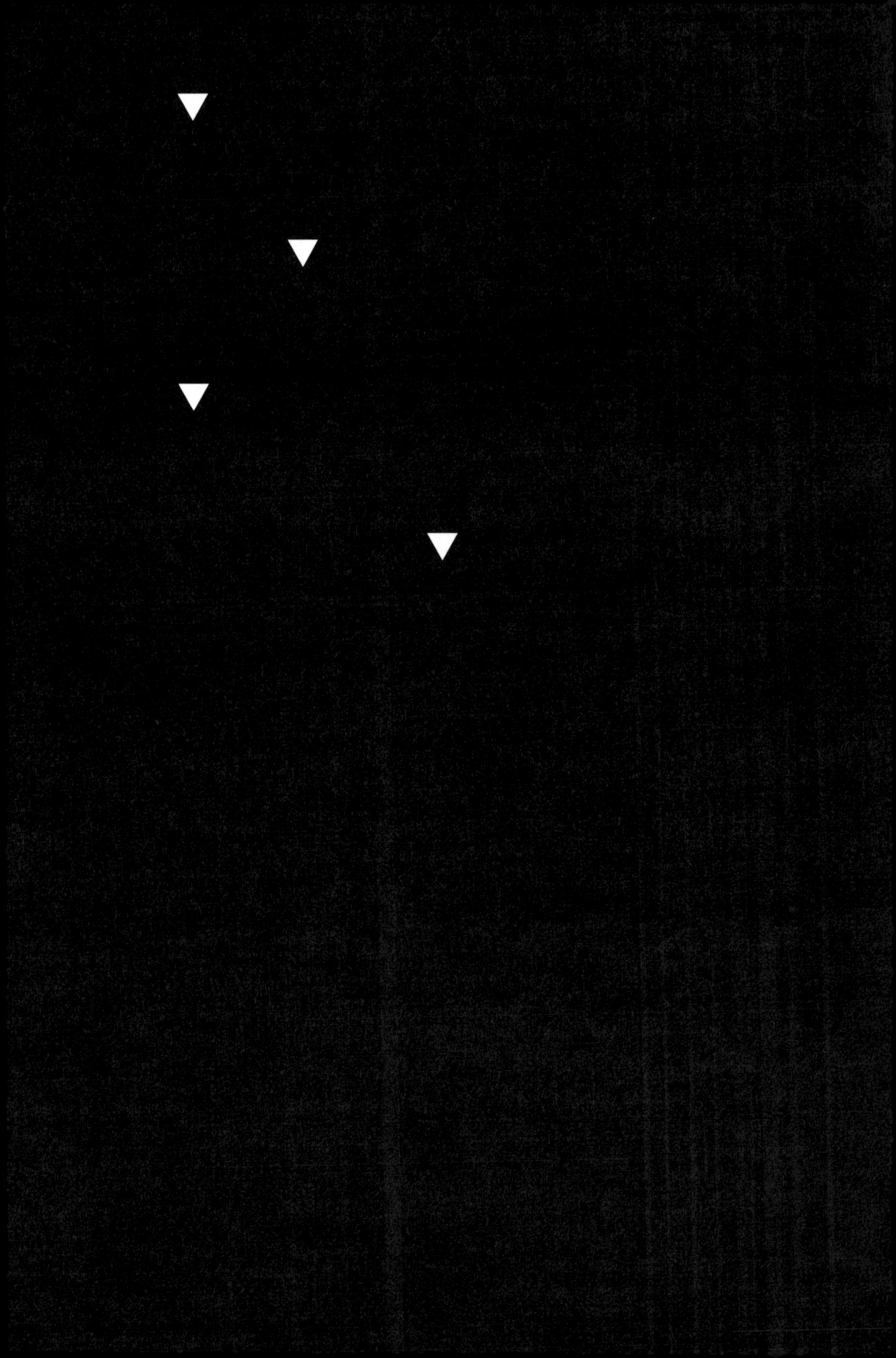

Chapter **2**

越努力，越幸运

从练习生到偶像，有多远的距离，是没人清楚地知道答案，却每天都会问自己的问题。只有努力，为了存在的努力，为了证明 100 次，这是你的位置。从这一刻起，不会放弃。

越努力，越幸运

《偶像练习生》自2018年1月19日开播以来，便以迅雷不及掩耳之势火遍大江南北，成为2018年开年现象级爆款综艺。节目总点击量超30亿，微博超145亿话题讨论，142.7亿+短视频播放量，微信指数峰值1490万+……在刷新流量奇迹的同时，也掀起了大众的关注热潮，让偶像效应热度空前、持续发酵，粉丝文化由粉丝圈延伸到大众圈，并开启"2018偶像元年"。

《偶像练习生》是爱奇艺2018年重点打造的中国首档偶像竞演养成类真人秀节目，邀请国内各家经纪公司旗下共100位练习生参与。节目中的100位练习生除了8位个人练习生，其余的92名练习生分别来自31家经纪公司，其中包括国内最早体系化培养练习生的乐华娱乐、王思聪旗下公司香蕉计划、《康熙来了》的制作公司野火娱乐以及华谊、英皇等知名经纪公司。选手们通过4个月的封闭训练、舞台比拼，由全民制作人参与投票选出最终优胜9人，组成全新青年团体出道，进行限时一年半的团体活动，同时邀请1位全民制作人代表及5位明星和专业导师，他们分别是全民制作人代表张艺兴，音乐导师李荣浩，说唱导师王嘉尔、欧阳靖，舞蹈导师程潇、周洁琼。由导师对练习生的声乐、说唱、舞蹈三方面进行指导并见证其成长过程，采用剧情真人秀的方式展现选手的性格状态。

节目由总监制姜滨、总导演陈刚、视觉总监唐焱等业界大咖组成的金牌制作团队共同打造。爱奇艺副总裁、总制片人姜滨曾担任《姐姐好饿》《爱上超模》等节目总监制，总导演陈刚曾担任2017年《快乐男声》总导演，视觉总监唐焱曾负责《我是歌手》及各大卫视跨年晚会、春节晚会视觉设计，音乐总监由著名音乐制作人郑楠担任，奥运会开闭幕式和《我是歌手》指定音响总监、亚洲顶级调音师何飚担任节目音响总监。

据不完全统计，目前在亚太地区参与培训的中国练习生人数达3000多人，规模是韩国练习生的20倍，而出道艺人的数量仅占韩国的二十分之一。由于造星机制、推广运作等因素，本土偶像的量级和市场覆盖存在巨大缺口，国内大量男团缺少曝光度，急需优质平台推广。同时，国内观众对练习生缺乏认知基础，不知道在中国也有一群庞大的练习生群体在为出道而练习，对其认知基本停留在明星层面。

《偶像练习生》不同于以往其他造星节目，它打破了以往推出团体粉丝被动接受的机制，让粉丝投票参与，既利于粉丝选出自身喜爱的偶像，又赋予粉丝使命感，提高其对节目的关注和互动程度。节目的火爆恰巧填补了偶像市场的空白，又为国内其他综艺节目探索出了成功的模式，即减弱嘉宾光环，聚焦选手本身。在获得市场巨大成功的同时，对整个行业的发展也具有重要意义。

比赛过程采用淘汰制，分为100进60、60进35、35进20、20进9四大阶段，全程由粉丝投票决定晋级人选。初级比赛，导师对100位练习生技能展示进行等级判定，将其分为A、B、C、D、F五个等级，此阶段练习情况决定节目主题曲MV录制的舞台站位资源，不淘汰练习生。

历时112天，170多个机位，《偶像练习生》节目聚焦选手本身，全面记录了练习生的练习、比赛及生活，给了这群才华出众的练习生最大的推广支持，帮助他们实现舞台表演梦，最终获得粉丝支持票数最高的9位练习生顺利出道，组成全新偶像团体NINE PERCENT，他们分别是蔡徐坤、陈立农、范丞丞、Justin（黄明昊）、林彦俊、朱正廷、王子异、小鬼（王琳凯）、尤长靖，其中蔡徐坤以最高票数C位出道。

Chapter **3**

这孤单星球，幸好有你

只有付出过汗水和心血，才会更觉舞台上的每一分钟都珍贵与难忘。只有听过批评和建议，才能改掉缺点，迅速成长。

蔡徐坤

继续前行，不忘初心

姓　　名：蔡徐坤

英 文 名：August

出生日期：1998 年 8 月 2 日

出 生 地：湖南

星　　座：狮子座

别　　名：坤坤、坤帅、菜包

身　　高：182cm

体　　重：55kg

2012年4月，蔡徐坤参加湖南卫视综艺节目《向上吧！少年》，并进入全国前200强，由此开始了演艺生涯。同年4月，出演爱情悬疑喜剧电影《完美假妻168》，饰演男主角霍克（何炅饰）的少年时期。而他真正进入大众视野，则是在2015年7月，他在另一档选秀节目中崭露头角，随后以SWIN组合出道。

如果说2015年选秀节目中的蔡徐坤是初露锋芒，那2018年就注定是他大放异彩的一年。今年1月，蔡徐坤以个人练习生的身份，参加爱奇艺重点打造的中国首档偶像男团竞演养成类真人秀节目《偶像练习生》，最终以全场最高票数（47,640,887票）C位出道。随后热度居高不下，迅速占领各个平台的人气榜、话题榜的TOP位置，单条微博转发高达千万量级，成为2018年娱乐圈无法绕过的现象级艺人。

蔡徐坤在《偶像练习生》的舞台上是一个特别的存在，因为他出过道，发过单曲，相比其他"不为人知"的练习生，参加比赛前他的微博粉丝数已超百万，连一同参赛的选手里也不乏他的粉丝。蔡徐坤选择再次参加比赛意味着将既往一切"归零"，重新回到舞台，单枪匹马迎接挑战。在采访时，他曾说："已经做好了从头开始的准备，想让更多的人知道中国有蔡徐坤这个唱跳歌手。"

舞台上的蔡徐坤和舞台下的他仿佛是截然不同的两个人，只要舞台上音乐一响他就"起范儿"。他的眼神会自动切换到另外一种模式，表演时锋芒极盛，像磁铁般吸引所有人的目光。看过他的表演后，许多练习生都被其震撼到。卜凡夸张道："我都快爱上他了。"张PD一脸狡黠地问程潇："帅吗？"程潇也撑不住导师身份频频点头。

相比于舞台上霸气外露的"王者"状态，舞台下的蔡徐坤谦逊低调，即使是对和自己有着竞争关系的伙伴他也会提供帮助。同伴压力过大心情沮丧时，

坤坤温暖地鼓励大家："我们只是输在时间，如果给我们足够的时间，我们也可以磨合得很好，所以大家不要丧，真的不要丧。"《偶像练习生》首秀，大家都觉得蔡徐坤应该理所当然地落座第一把交椅，他却在第三排落定，选了一个"6"的座位。他从来没有在任何环节表露出势在必得的姿态，多年的练习生生涯让他懂得——努力从不会有上限，只有永远心怀感恩、保持谦卑，才能在偶像的道路上越走越远。

比赛中的蔡徐坤就像每个人读书时都会遇到的"学霸"和"尖子生"，每一次表演，导师们从不用担心他会出问题，每一次考核的完美呈现，其背后的付出其实是不言而喻的。

在采访中蔡徐坤告诉记者，他之所以努力是因为自己的IKUN（蔡徐坤粉丝的称谓）。因为经历特殊，他的粉丝曾经默默地陪伴他很长的一段时间，所以他希望用更好的作品回馈粉丝，把每一个作品演绎到最好，他的粉丝是他的动力。在《偶像练习生》的首秀中，他穿上了粉丝送的渔网罩衫，表演的是写给粉丝的歌，节目中屡次出现的经典"点脸"手势，据说也是跟IKUN之间的"通关密语"，暗示"想他了可以隔着屏幕亲一下"。

读到粉丝的信，他说自己有印象，

因为这位粉丝经常给他微博留言；公开排名取得第一的感言是"这个位置属于我和每一个支持、喜欢我的人"。蔡徐坤对粉丝的感情，即使是旁观者，也可以从细枝末节里感受到他无比的真诚和感恩。多年的努力和训练，让他拥有了独特的个人魅力和感染力一流的台风。

总决赛舞台上，他说："首先想感谢每一个为我投票、支持我的人。是你们一票一票把我投了上来，谢谢你们这4个月的陪伴。一定要谢谢4位老师，张PD，你们辛苦了。"

他流着泪感谢给过他支持的全民制作人和导师们。他的泪水里，有身为个人练习生的心酸，也有梦想成真后的激动；他的泪水里，更有一种诚挚的感恩。

陈立农

／ 沉醉在你的笑容里，无法自拔

姓　　名：陈立农

英 文 名：Chen Linong

别　　名：农农

出生日期：2000 年 10 月 3 日

出 生 地：中国台湾高雄市

星　　座：天秤座

粉 丝 名：浓糖

身　　高：183cm

体　　重：71kg

陈立农高中就读于台湾南强工商表演艺术科。2015年，他被星探挖掘，在台湾参加了选秀比赛，之后与传奇星娱乐签约，成为旗下练习生。

2018年，陈立农参加爱奇艺重点打造的中国首档偶像男团竞演养成类真人秀节目《偶像练习生》，获得第2名，并加入NINE PERCENT组合正式出道；2018年5月5日，随NINE PERCENT在上海举行的"FAN MEETING TOUR-THX with LOVE"首站巡演；6月20日，为电影《解码游戏》演唱的同名主题曲《解码游戏》正式上线。

在《偶像练习生》总决赛的比赛现场，陈立农喊话爸爸："不论你身在何处，身为儿子的我做到了。"当天，他最终以20,441,802票，第2名的好成绩，成功加入NINE PERCENT组合出道。能顺利出道，陈立农喜悦之情溢于言表，4个月的付出终于有了回报，他没辜负全民制作人的支持，没有让亲人、粉丝们失望。

4个月的时间，全民制作人共同见证了陈立农的变化和成长。

首次出现在《偶像练习生》的舞台上，陈立农留给观众印象最深刻的莫过于他那具有感染力的笑容，以至于现场其他练习生纷纷评价他可爱，并说好想和他做朋友。第一次表演，他演唱一首《女孩》，并在导师的要求下尝试跳了一段舞蹈。练习时间较短的他表现出不错的潜力，得到导师们的一致好评，并获得A等级。

陈立农收获了大批粉丝的喜爱，随之而来的还有一些争议性的声音，这个原本阳光的大男孩也因此受到了一定的困扰。

陈立农说："我本来就比较喜欢笑，可是一段时间之后，就突然有人开始讲，假，这个东西像是演出来的。我会因为这个事而困扰，我就会去想，笑，是不是不对？内心也开始觉得有些委屈，因为有一些东西它不是事实，可

是当别人要这么去想，还要去传播的时候，你会觉得你自己真的无能为力。"好在在好友林彦俊的安慰下，陈立农很快便从这种状态里走了出来。

在初次表演的舞台上，陈立农介绍自己练习时长6个月，学舞蹈仅有两个月。训练时长较短的他有着良好的外形和舞台亲和力。比赛过程中，面对高强度的舞蹈和歌曲学习，基础较为薄弱的他总是要付出更多的时间和精力。

在舞蹈训练过程中，陈立农刚开始也出现了一些小小的问题，例如动作不标准、速度不够快，等等。私下里他会花大量的时间练习，导师们和练习生都

会给予他一定的帮助。正式演出的舞台上，他的表现可圈可点，非常熟练，完全看不出缺乏舞蹈基础。

在后来多次晋级赛中，陈立农均取得了优异的成绩。但他却始终不骄不躁，保持谦逊的态度认真地对待每一次的演出。

4个月的时间里，陈立农的舞蹈进步很大，唱歌方面也越来越出色，笑容里也多了些成熟味道，以至于很多练习生这样评价他："农农的笑容里多了些变化，多了些故事。"

《偶像练习生》是一场残酷的选拔赛，100位练习生只有9位能够顺利出

道，这意味着大多数人都将被淘汰。被导演组问及如果不能出道会怎样，陈立农坚定地回答道："只要你足够努力，它不会辜负你，无论时间过多久，我的梦想依旧没有变，还是想要出道。"

与其说这是自信，不如说这是他对梦想的执着追求。

范丞丞

我只想用实力说话

范丞丞从小在北京读完了小学、初中、高中，15岁时赴美留学。2017年，范丞丞跟随姐姐出席柏林国际电影节活动时，首度在媒体前曝光。2018年1月，他以练习生的身份参加偶像男团竞演养成类真人秀节目《偶像练习生》。4月6日，他以决赛第3名的成绩加入九人男团NINE PERCENT正式出道。

姓　　名：范丞丞

英 文 名：Adam

出 生 地：山东青岛

出生日期：2000 年 6 月 16 日

星　　座：双子座

别　　名：福西西

身　　高：183cm

体　　重：66kg

"他拥有帅气的外表，还有一个有趣的灵魂。这一次，他把所有被偷走的菜都收回来了。恭喜乐华娱乐的范丞丞。"

张PD话音刚落，全场粉丝就高呼范

丞丞的名字。范丞丞接过话筒，发表自己的出道感言。最终以15,517,014票，第三好成绩出道的范丞丞感慨道："是全民制作人的鼓励让我变得更好、更加自信，让我能够忘却之前的痛苦，奋勇向前。"

许多人第一次开始关注范丞丞，或许是因为他是知名影星的亲弟弟。在参加《偶像练习生》的一开始，身上贴着"明星弟弟"标签的范丞丞有着异于其他练习生的压力——他极度担心自己做不好，没资格成为未来舞台上那光芒万丈的九分之一。

但这种压力，很快就被踏实、努力的范丞丞转变成了前进的最大动力。

为了在舞台上有更好的表现，为了撕下"明星弟弟"这张标签，丞丞不分昼夜地加倍练习。汗水一次又一次地从他的脸庞滑落，湿透衣衫，也诠释着他那颗裹挟着无限渴望的心。

放弃太容易，所以，坚持才显得弥足珍贵。在歌曲Can't stop的演绎中，范丞丞挑起大梁，担当Center位置。整个训练过程中，范丞丞极富个人特点的音色让李荣浩老师备感惊喜。而Can't stop A组舞蹈也得到了周洁琼老师的肯定，她对这组演出充满期待。

等到和B组进行PK时，由范丞丞带领的A组不管是现场效果、舞蹈还是

Vocal（嗓音）都很出彩，成功取得对决的胜利。范丞丞不仅重新收获了信心，还拿到了99票的现场投票支持，挽回劣势，成功赢得这场战役。

坚持的意义，不仅在于个人能力的体现，还在于让别人有足够的时间去了解一个真正有趣的灵魂。范丞丞并不是一个特别张扬的男孩，他平时在队里并不爱出风头。他的Vocal实力，也是节目进行几期之后，才展示出来的。这种不争不抢的性格，在比赛中让他显得不是那么突出。就连导师王嘉尔在节目中也曾担心地说："这样的性格，作为艺人是很吃亏的。"

他低调、羞涩、率真而又孩子气。

但他也能时而高冷，时而霸气十足。当你越来越了解范丞丞以后，你会被他"纯粹"的气质所吸引。他的纯粹，是历经挫败后依然不改初心，是喜欢上一件事便要坚持到底。他的纯粹里，甚至有一种活泼生动的"孩子气"。

私下训练的范丞丞，是个毫无偶像包袱的大男孩，队友吐槽他其实就是个"戏精boy"，而且非常能吃。很多人都在陆续减重，但范丞丞却胖了20斤。不过范丞丞却说："这锅我不背，肯定是'肿'了，而不是胖了。"而当别人把范丞丞被恶搞的表情包发给其本人时，他也只是一笑置之。

范丞丞把温柔、率真留在台下，把

娴熟的表演能力毫无保留地在台上释放。在位置测评的时候，范丞丞没有受第一次导师评级忘词的挫败，毫不犹豫地选择了Rap（说唱）组歌曲*Very good*。这一次，他想用实力在舞台上证明自己。范丞丞和其他3位队友充分沟通，重新编曲，利用所有时间搞定歌词和整体内容。在歌词中，他毫不避讳地讲述了自己的故事，连导师都直接肯定了他的表现。更让人出乎意料的是，范丞丞以368票力压灵魂Rapper小鬼拿到Rap组第1名，这证明了他在Rap方面有了很大的进步。在主题考核中，范丞丞不负众望再次成为Dream的主Rapper，这也展示了他超强的Rap能力。

范丞丞用实力做回自己，他明白"别低头，皇冠会掉；别流泪，坏人会笑"；他也明白男人只有自己用实力迈过一个又一个的坎儿，才能让世界停止嘲笑。

在与导师合作的舞台表演中，范丞丞跟周洁琼老师奉献了一场非常精彩的"对手戏"，让台下的全民制作人惊叫不止。这时候的观众早已忘记台上的范丞丞当初可是一个连跟老师对视一眼都会羞涩到脸红的大男孩。

范丞丞一路成长和进步，不仅弥补了第一次出场忘词时的遗憾，还向大家展示了更好、更强大的自己，更是破除了自己"靠姐姐"的流言，真正做到了用实力为自己加冕。

Justin（黄明昊）

我是可爱的贾富贵，也是努力成
长的黄明昊

黄明昊出生于浙江温州瑞安，从
小便展现出极高的文艺天赋。2018年
1月19日，他以练习生身份参与录制偶
像男团竞演养成类真人秀节目《偶像练
习生》，并在总决赛中排名第4，加入
NINE PERCENT成功出道。

姓　　名：黄明昊

英 文 名：Justin

出生日期：2002 年 2 月 19 日

出 生 地：浙江温州

星　　座：双鱼座

别　　名：贾富贵

身　　高：180cm

很多人第一次看到Justin时，或
许会以为这个有着耀眼的金发、立体的
五官和白皙肤色的男孩是个混血儿。而
Justin不仅容貌出众，综合表现能力在
乐华团队中也名列前茅。

在首次的团体展示当中，他以扎实
的基本功、超强的舞蹈爆发力，成功拿

下A等级。随着比赛进程的深入，Justin的可爱风格深入人心，参与的歌曲也主打活泼可爱风。

但是Justin知道，在这个节目中，最危险的状态就是没有改变，所以在接下来的节目进程中，他积极地改变、提升自己，以适应更艰难的后半程比赛。

在《巴比龙》位置测评排练时，Justin却被王嘉尔质疑能不能担当C位。嘉尔导师评价"他在这首歌当中的感觉太柔了，没有攻击力，而这首歌是具有攻击性的"。

说没有被打击到是不可能的，但是面对挫折，Justin选择勇敢地迎接新的挑战。彩排过后，Justin对《巴比龙》现场效果并不满意。于是，他深夜默默加练，听取队友的建议和方法，不断去调整自己的状态。在之后的比赛舞台上，Justin把之前的烦恼和担忧统统抛在脑后，向观众呈现出了一个魅力十足的表演舞台。他用吐字清晰、情绪到位的Rap，气势十足的舞台表现力，掌控了整个舞台的节奏。从这次的舞台表演开始，他逐渐展现出一种独特的偶像魅力。

对于Justin的表现，连很多练习生都惊艳地喊："Very good Justin！"第一次担当C位，拿到小组第一，Justin自己都觉得不可思议。因为C位是个高挑战、高回报的位置，如果做得好，就能

够锦上添花；但如果表现不好，就会让大家对表演者印象破裂。而在Justin的心中，有蔡徐坤、卜凡、王子异这样实力强劲的对手，他可能拿不到小组第一。

蔡徐坤作为超人气的练习生，此次竟然没有掩盖住Justin的光芒，这让大家都很惊讶。后台采访时，蔡徐坤说："Justin改掉了自己比较软的情况，在台风上也释放出来了，然后努力训练，这个就很炸。"

Justin从此抛开束缚，挖掘自己无限的潜能，在舞台上全力释放自己的能量，展现自己一个全新的状态，也向全民制作人呈现出焕然一新的面貌。

从此，Justin在个人快速成长的路上越走越快，明确地朝着更稳重、更成熟的方向去蜕变。在Dream主题测评中，他不只关注自己的成长和舞台效果，而且还时时关注队友的状态。他努力帮助状态下滑、无法跟上队友进度的钱正昊调整心态，甚至不惜在镜头面前做出各种搞怪和扮丑表情，以此来让钱正昊放松，向其他队友传递一种积极向上的能量。

而Justin的这种积极提升个人价值、乐于助人的做法，也贯穿了《偶像练习生》整档节目。他曾经在一次顺位公布上说过，希望自己给大家带来的都是正能量和快乐。当然，Justin也有调

皮的一面，跟队友轻松相处时，他甚至不惜让朱星杰逮住暴捶一顿，也要捏捏"胡巴"的脸。

Justin进步飞速，很快他不仅能在团队当中担当大任，还能在和导师合作表演中有出色的表现。Justin以崭新的形象出现在大家眼前——金色的头发搭配黑色的破洞牛仔裤，显得活力十足。程潇导师在这次的舞蹈编排当中，有非常多的危险动作。Justin一直小心留意，尽量保护她。两人的一段贴身热舞，以慢镜头播出的时候，十分性感撩人。

从被保护到保护他人，是成长，也是成熟，更是一个人从天真活泼的孩子到有担当的成人的转变。Justin的目标一直在远处，从来没有被眼前暂时的得失束缚住个人的发展，所以才能在众多练习生中突出重围。

最后的顺位发布，Justin对结果很满意，脸上挂着大大的笑容。他甩手的小动作还没有改掉，激动之情溢于言表："我已经长大了，已经不再是当初可爱的Justin。大家感受到了我的成长，我也感受到了大家对我的支持和认可。我来这个节目的目的已经达到了，我已经很满足了。"

林彦俊

他是积极向上的冷笑话王，也是
有着感恩之心的黑马

林彦俊，1995年8月24日出生于
中国台湾，中国内地男歌手、男子组合
NINE PERCENT成员，就读于广东外
语外贸大学。

2018年1月，林彦俊参加爱奇艺
重点打造的中国首档偶像男团竞演养成
类真人秀节目《偶像练习生》；1月22
日，推出TRAINEE18练习生毕业单曲
Rock the show；4月6日，在《偶像练
习生》总决赛中获得第5名，加入NINE
PERCENT正式出道。

姓　　名：林彦俊

英 文 名：Evan

出生日期：1995年8月16日

出 生 地：中国台湾

星　　座：处女座

别　　名：小橘、冷彦俊、制霸

身　　高：181cm

体　　重：63kg

"第5名练习生，他有时候很暖，
有时候很冷，有时候很凶，但大部分时

间都很冷。他是香蕉娱乐的练习生，林彦俊。"张PD宣布完结果时，林彦俊的表情都是蒙的。直到大家都给他送上拥抱，林彦俊的淡定再也保持不住，罕见地，他在节目中落泪，在通向主舞台的路上，林彦俊甚至激动到停下来亲吻舞台。而身后的兄弟们更是热泪盈眶，一路走来，他们知道"逆袭"两个字，真正实现会有多难。

最终的比赛结果出来后，很多人都说林彦俊是意料之外的黑马，甚至连他自己在发表获奖感言的时候，都问："我在做梦吗？我没有预备感言。"但是，如果我们认真看节目的话，会发现这个一开始镜头寥寥无几的大男孩，像块宝藏一样，等着我们去发掘。

一开始，香蕉娱乐就因是王思聪的公司而备受众人关注。而在他们团队出来后，现场表现优秀，不管是舞台效果还是团队和谐度，都获得众位导师的认可，整体评价颇高。导师对他们的评价是"团魂爆棚"。作为香蕉娱乐中的一员，林彦俊的实力自然不容小觑，只是当时，没有合适的时机展现实力。

在没有被大家发现的时候，林彦俊没有着急表现自己，而是静静地等待着蛰伏着，悄悄积蓄能量，等待机会到来的那天。

慢慢地，随着节目进程的深入，我们才了解到这个表面高冷的帅气男孩其实是个非常有趣的人。他完全没有偶像包袱，即便是冷笑话的烂哏也要讲，别人因为训练辛苦而灰心丧气，他却始终没有在镜头和练习生们的面前失态过。面对镜头和兄弟，他带来的永远是欢笑。

不过，林彦俊深知，外貌和身材都是外在条件，冷笑话也只是一个个人爱好，实力和不断进步才是能从这个竞争激烈的节目中存活下来的理由，所以他在自己的弱项上不断突破。

为了改变自己的高冷风格，去适应自己不太擅长的甜蜜的歌曲氛围，林彦俊主动参加黄新淳发起的表现力训练，成功让自己转变风格。连围观的两位队友也大跌眼镜——"林彦俊真的变了一个人"。等到正式上台的时候，他浅浅的酒窝不知道吸引了多少全民制作人的目光。

但是这距离林彦俊心中的成功，还远远不够。他的目标是未来，是努力触碰九人成团的可能。

为了让自己更进一步，林彦俊在团队训练中主动担当队长，不厌其烦地带着队友们训练、调整状态。要知道，比赛的赛程越深入，各位练习生的压力就越大，队长并不是一个轻松的角色。他不仅要调动各位队员的情绪，还要照顾到每个人的进度能跟得上团队进度。有

了他一点一点耐心的付出，最后团队彩排时，才能获得周洁琼的夸赞："很整齐，彦俊的舞蹈进步，团队非常好，我从你们身上看到团魂。"

面对队友时，林彦俊付出努力和真心；跟粉丝交流时，他也诚意满满。不管是回复粉丝的消息，还是跟他们互动，他总是带着浅浅的笑容，每一个问题他都想好才回答，或是有趣，或是有料。

慢慢地，林彦俊的各个长项逐渐展现出来，亮点越来越多：Rap很好，唱歌也很棒，唱得了低音，也唱得上高音，音色清澈入耳，舞台表现力出色；担当队长时又全心全意照顾队友，颜值和身材等外在条件拎出来不输任何一个练习生。

不仅队友们发现林彦俊是个令人心服口服的对手，选择他作为最后舞台的C位，就连全民制作人也都发现了这个练习生的闪光点。

从一开始镜头不多，也不被广大全民制作人看好，到决赛日绝地重生，冲到第5，爆冷成为黑马，这些都不是偶然。林彦俊是踏踏实实走好每一步，不管别人是否喜欢他，他都安安稳稳地做好自己，付出每一分努力。

自从成为练习生，被质疑和被否定就是常态。林彦俊能够清醒地看到自己的优势，所以他从来没有辩驳什么，只是安安静静地做好自己该做的。他甚至

从来没有说出自己过去悲惨的经历，以此来卖惨博同情上位。他只相信自己的付出一定能有收获。

不管橘粉们是称他为小橘、日一，还是制霸，他永远都是全民制作人心里那个酒窝露出、舞台魅力满满的青年。再艰难的过往只能改变他对待生活的态度，让自己越来越积极，却永远无法改变他对舞台和全民制作人的热情。

"海狮，不会再害怕了！"满眼泪光的林彦俊在出道舞台上，高声喊出来，这是对自己的肯定，也是对全民制作人的致谢。

朱正廷

有着八块腹肌的绝世仙子

姓　　名：朱正廷

英 文 名：Austin

出生日期：1996 年 3 月 18 日

出 生 地：安徽

星　　座：双鱼座

粉 丝 名：珍珠糖

称　　号：人间仙子、人间 gucci、
　　　　　小老虎、吱吱兔

身　　高：183cm

体　　重：64kg

毕业院校：上海戏剧学院

2015年，朱正廷成为乐华娱乐的练习生。2018年，朱正廷参加爱奇艺重点打造的中国首档偶像男团竞演养成类真人秀节目《偶像练习生》，获得第6名，并加入男子演唱组合NINE PERCENT，从而正式出道。

《偶像练习生》的舞台上，朱正廷留给观众印象最深刻的莫过于他那精湛的舞蹈技能。朱正廷跳舞时，吸引了所有人的眼球，得到导师们的一致好评，也因此被粉丝称为"人间仙子"。

朱正廷8岁开始学习舞蹈，9岁一个人在外面求学，12岁学习芭蕾舞，16岁学习现代舞，曾多次在舞蹈比赛中取得第1名的好成绩，并以中国舞专业第1的成绩考入上海戏剧学院。

会跳现代舞，以及会空翻、劈叉等高难度动作的他被人夸奖身体柔软，有着令人羡慕的自身条件，而朱正廷在节目中读信时说自己小时候身体很硬，并没有跳舞的天赋，如今的一切都是自己一点点刻苦练习出来的。同时，他也告诉大家，做一件事情，没有天赋并没有关系，后天的努力可以弥补这些不足。

朱正廷像是个古代温润的谦谦公子。同时，他又有着彰显力量的八块腹肌，时常在跳舞中展现出来。他说12岁时便有了八块腹肌。范丞丞这样评价他："把男人的性感和魅力诠释得很好。"

节目中，朱正廷很喜欢和大家打成一片，和大家关系很是亲密。他时而有很多无厘头搞怪的行为，会模仿电影经典台词，做奇奇怪怪的夸张动作；被同伴戏称为"暴力仙子"，却喜欢用"暴力"对待自己的兄弟后又去温柔地安抚；他说自己有洁癖，却又被Justin和范丞丞"狠狠"拆穿；在被问及对未来另一半有什么样的期待时，他说希望对方能够给自己带来新鲜感，而在节目组设计的"扮鬼"环节，体验新鲜和刺激的时候，他却吓坏了，以至于慌忙逃跑。

有时候，他像个大哥哥，很会照顾

身边的练习生弟弟，在紧张时刻鼓励别人，为他们整理领带和发型；在队员出现失误时，他担起自己队长的职责反思自己，说自己如果努力督促他们，就不至于出现这些问题。在团队里是队长、"团宠"和"团霸"的朱正廷，在面对自己喜欢的歌手时，会兴奋得手舞足蹈，像个几岁的孩子；在兄弟们离开舞台时，也会难过得掉眼泪。

来到《偶像练习生》后，朱正廷在成长的同时也伴有一些困惑，在蔡依林老师面前，他说出了自己的困惑。"我是个很要强的人，希望身边的人都喜欢自己，然而好像无论怎么努力，还是有人不喜欢自己。"蔡依林告诉他，首先

要把自己的业务能力提高上去，这是最重要的，如果观众依然谩骂，便可以有所忽视。

4个月的时间，他看到好兄弟们陆续离开，经历了残酷竞争的考验，自己也成长成熟了很多，就像他自己说的那样："我再也不是那个可爱又稚嫩的自己了，再也不是听到公司要我减肥不能吃零食就真的很伤心地哭了的正正了。"

在35进20的比赛中，他梳了一个自己第一天来到《偶像练习生》时的发型，用以致敬自己的初心。参加《偶像练习生》，朱正廷明白这是他追梦道路

上艰难又重要的决定，也承受了很大的压力。当节目组问他如果未能出道该怎么办，他像个无助的孩子说道："宿舍、练习室，如果那样，我也不知道什么时候才能出来，我也不知道，下一次需要多大的勇气。"

最终，他不负众望。在总决赛上，朱正廷以第6名的成绩成功出道，实现了自己的梦想。

王子异

一个把酷和温柔
集于一身的大男孩

王子异，2017年11月15日以组合（BBT）正式发表出道单曲*Mr.Lee*；11月20日组合发布首支MV *Mr.Lee*；11月22日，组合发行EP《稀有动物》。2018年1月，参加爱奇艺重点打造的中国首档偶像男团竞演养成类真人秀节目《偶像练习生》，最终以第7名的优异成绩加入九人男团NINE PERCENT并正式出道。

姓　　名：王子异

出生日期：1996 年 7 月 13 日

出 生 地：山西

星　　座：巨蟹座

别　　名：啵唧、小丸、11

身　　高：186cm

体　　重：72kg

粉 丝 名：ISEE

有着186cm身高的王子异长相帅气，扎着一个小小的辫子，阳光干净的气质给全民制作人留下深刻印象。

他喜欢这样介绍自己："大家的目光像是我的兴奋剂，Hello，大家好，我是来自简单快乐的BOOGIE王子异。"跳了很多年的Breaking的他，时常会做出一系列独特的招牌动作，比如，他有个特殊的拍照手势被观众争相模仿。他说这手势代表自己，也代表自己的团队。

在众多练习生中，王子异话不多，大多时候都比较安静，活得比较"佛系"。某次挑选歌曲时，他看到秦奋表现出对这首歌的喜爱，已经被小鬼组选中的子异申请再次转动瓶子。他说："秦奋是真的很喜欢这首歌，我想给他一个机会，也给自己一个机会。"最终

秦奋留下，王子异则加入《我永远记得》歌曲战队。

在和Justin争取C位时，王子异没有成功，他这样回应结果："Justin之前没有当过C位，我也没有，C位有很大的曝光度，大家争取一下C位都能理解。他当C位很好，我在自己那部分也能表现得很好，这样的安排很合理。"

采访过程中，主持人问王子异如何看待自己被称为"佛系青年"，他说这是一个褒义词。22岁的王子异身上有着部分年轻人缺少的品质，极度自律的他生活习惯良好，甚至关注养生，吃维生素片、敷面膜、很少熬夜，并积极引导

其他练习生一起养生、保护身体。

比赛过程中，擅长Rap的王子异也遇到了很多问题，在学习《我永远记得》这首歌时，歌曲的演唱掌握不够好的他有些失落。在尤长靖和周锐的帮助下，他完美地演绎了此次的歌曲，受到导师的夸奖。

随着节目的热播，开始被大众关注的他有了一些小烦恼，他说："我想做自己，但是慢慢又没办法做自己，很多时候需要按照别人的喜好做一件事，这样自己的内心就无法兼顾，面对这种两难境地，有时候不知道该怎么做。"

被节目组问及如果未能出道自己会怎样时，王子异说，他会感觉很多机会中自己又错失了一次。如果输了比赛，他会把自己关起来继续练习。

练习生就是这样，无休止地练习，练习，练习；练习生是在残酷的世界里，做一个遥远的梦。

王子异很喜欢这样跟别人打招呼："嗨，bro（兄弟）。"岳岳评价子异的偶像包袱很重，尤其体现在他的出场方式上；杨非同说他身上有一种律动感，这和他擅长Rap有关；娄滋博说子异的bro一定是很温柔的bro。和其他人都不一样，在王子异看来，自己说bro的时候很酷。

比赛过程中，有很多感想和感悟的他总会在一天的训练结束后写下自己的心情。一边经历，一边记录，一边成长，4个月的时间，他由最初的不太爱说话变得越来越开朗。

他来自"简单快乐"，穿衣风格简约干净，家人全力支持他追梦，他的生活简单而又快乐。粉丝名为"ISEE"，意为"爱死异"，王子异也被粉丝亲切地称为"啵唧""小丸""11"。为感谢粉丝的支持，5月20日当天，他将粉丝送的衣服穿上，发在微博超级话题里。

王子异说，一开始是为了自己而参加比赛，如今努力是为了喜欢自己和自己喜欢的人，这样一份沉甸甸的爱让他对未来充满了信心。

小鬼（王琳凯）

古灵精怪 + 青春洋溢

姓　　名：王琳凯

英 文 名：AKA.imp

出生日期：1999 年 5 月 20 日

出 生 地：福建

星　　座：白羊座

别　　名：AKA.imp、小鬼

身　　高：178cm

体　　重：65kg

2017年6月，小鬼参加爱奇艺Hip-Hop音乐选秀节目《中国有嘻哈》，表现非常优秀，加入潘玮柏战队，并获得全国70强。虽然当时他折戟沉沙，半路被淘汰，但是他娴熟的Rap技巧和信手拈来的Flow给各位选手和导师留下了深刻的印象。12月6日，他获得《风度Men's Uno Young》周年明星派对暨红人大赏未来新势力奖，彰显圈子对他的认可。2018年1月，他抛下过去的起起落落，以果然天空练习生的崭新身份，再战选秀节目《偶像练习生》。这次，他取得决赛第8名的成绩，成功加入九人男团NINE PERCENT正式出道。

小鬼在《偶像练习生》中，明显可以让人感觉到那个曾经天真烂漫的不羁青年似乎成熟了一些，但是好在他的笑容依旧温暖。经过一年的沉淀，小鬼更加知道自己想要什么。等他以果然天空练习生的身份来到《偶像练习生》时，出色的Rap能力和现场即兴的一段舞蹈，让在场的选手和导师大吃一惊，"原来他跳舞也这么好"。欧阳靖导师毫不掩饰地说："小鬼真的很棒。"

而在《半兽人》的表演中，小鬼因身体原因未能演唱自己最擅长的Rap部分，而是选择了之前从未展现过的Vocal。舞台上他清丽的嗓音让全民制作人了解了小鬼在Rap、Dance（舞蹈）之外的又一种可能性。

再次出现在大众视野中的小鬼，改变的不仅仅是舞台表现力，还有他的心态。经过这一段时间的磨炼，他的心态跟之前已经完全不同，整个人也成熟了许多。

也许是因为过往的经历，小鬼虽然表面看上去似乎有些"孩子气"，每天嘻嘻哈哈、打打闹闹，然而节目中的小鬼内心却稳重得很。在歌曲Artist表演后的采访中他告诉大家："作品比人更出名那是对的，人比作品出名那是错的。如果出去哪一天能在商场里听到有人放

这首歌，（我）比拿了冠军还开心。"相比比赛的输赢，小鬼更看重的却是自己的作品能否被人喜欢。他年纪轻轻对演艺生涯和作品的理解如此深刻，让大家非常意外。

对于自己想要的、喜欢的东西，他都会把真实的想法表达出来，在 *Artist* 中，主动要求争取C位，弥补之前无法竞争C位的缺憾——"终于等到了我想要的舞台，所以想要竞争C位。上次从Rapper变成Vocal，没有因为选不到自己的位置，就放弃了自己。"面对夸奖，也懂得谦逊地回应："我觉得谁都可以替代我，但是我觉得信心还是要

有的。"

小鬼之所以被这么多人喜欢和看好，一方面与其自身实力出众有关，另一方面他的洒脱和自信着实加分不少。他对自己的看法、对作品的理解，已经远远超出他现在的年龄段。现在的他已经站在更高的层次来审视自己的作品是否足够成熟。之所以对自己的作品要求极高，是因为小鬼对Rap的狂热。每一次，小鬼唱起Rap的时候，状态就变了。他不再像一个抒情的歌手，而是一个充满了攻击性的Rapper。但谈到感情，小鬼不过是一个有点害羞的大男孩。

小鬼正如他自己所言："我一点都不凶，只是外表酷酷的。"虽然看起

来又酷又"跩"，但其实他只是一个单纯的大男孩，他爱笑、爱闹，也爱搞怪和做恶作剧。比赛的时候，他也会谦逊地把位置让给更渴望这个舞台的人，他的性格也让他在节目里收获了一班好兄弟，例如卜凡、徐圣恩等。

在小鬼看来，人生就是不断地去冒险，而在这个过程中，需要不断地突破自己。每天也不用活得那么复杂，开开心心的就好。

在节目的最后，小鬼的那句"分开不是为了结束，而是更好的开始"更是感动了无数人。

尤长靖

我吃得下一个超市、一群牲口，

也吃得下一群梦想和野心

尤长靖，2018年1月以香蕉娱乐练习生的身份参加爱奇艺重点打造的中国首档偶像男团竞演养成类真人秀节目《偶像练习生》，在总决赛中以第9名的成绩成功加入NINE PERCENT出道。

姓　　名：尤长靖

出生日期：1994 年 9 月 19 日

出 生 地：马来西亚

星　　座：处女座

别　　名：大马甜心

身　　高：176cm

体　　重：60kg

毕业院校：南京艺术学院

粉 丝 名：西柚

来自马来西亚的尤长靖，名字较为独特，谐音"有长进"。他以香蕉娱乐的练习生身份参加节目，在团队中他担任主唱；擅长弹钢琴的他被称为"钢琴小王子"，在中国南京艺术学院读书。

比赛中，他给自己的定位是主唱，因此在自我介绍时选择用唱歌的方式介绍自己。他说，他很希望大家知道他是一个"Vocal尤长靖"。

唱功出色的他很快便赢得了其他小伙伴的信任。在一次选歌过程中，Jeffrey这样说："看到尤长靖，我就能猜到歌曲是《我永远记得》。"日常生活中，尤长靖总会友好地给各个需要帮助的练习生以歌曲演唱上的帮助，也因此被大家亲切地称为"尤老师"。

尤长靖很爱吃东西，自称有个小鸟胃，能吃下很多东西。海明威的《饥饿是很好的锻炼》里面有一句话形容他很合适："我吃得下一个超市、一群牲口，也吃得下一群梦想和野心。"

节目中，他十分期待百位练习生共同吃火锅，然而在真正吃饭时又因为工作人员的围观而没有尽兴。喜欢吃零食的他嘴上总是喊着要减肥，却总是控制不住自己。大年三十晚上，他偷偷拿了零食藏在衣服下面，却被陈立农发现要求交出来。

在20进9出道舞台上观看父母发来的视频时，其他练习生看到亲人感动流泪，尤长靖却将注意力放在妈妈为其准备的美食上面，现场差点流口水。

关于尤长靖爱吃，很多练习生都有不同的话要说。陆定昊说，在吃的这方面根本管不住尤长靖。灵超经常会假装凶狠地说："你再敢吃！给我试试

看！"这时，尤长靖会像个犯了错的孩子般说道："我不吃啦，好啦。"当问"鸡蛋小王子"Jeffrey，如果他只剩下一个鸡蛋，会选择留给谁时，他说会留给尤长靖，理由是他比较馋。

尤长靖的性格很开朗，以至于很多练习生都和他有着亲密的关系。每次表演完毕，他喜欢和郑锐彬"商业互吹互捧"，喜欢和陈立农一起练歌、聊天和玩。在王子异歌曲部分出现问题时，他当起了称职的尤老师，细心地传授唱歌技巧。在陆定昊没有争取到C位难过时，他细心安慰。

尤长靖不喜欢别人问他体重，却也会以开玩笑的方式回应。Jeffrey问是否

能透露自己的体重，尤长靖随和地说当然可以，110斤。当别人惊讶地问是真假时，他再次可爱地回应："当然是假的啊，其实只有80斤。"

在比赛中他清楚地明白自己想要什么。有一次争取歌曲C位时，在场的练习生都铆足了劲，尤长靖却坐在一旁托着下巴大口大口地吃着苹果，他吃苹果的样子让一旁的蔡徐坤看傻了眼。在《我怀念的》排练现场，尤长靖很喜欢这首歌便努力去争取C位，他说："我对这首歌很有把握，曾经把老师唱哭过。"

当被问及如果未能出道，他会怎

么办时，他说会回到公司吃减肥餐，可是又不想吃减肥餐，觉得很可怕。关于梦想这个词，他这样理解："梦想这个词，以梦开始，通过努力让它成为现实，而不仅仅只是想想。"

练习生，听起来很酷，但没出道，什么都不是。十分珍惜出道机会和唱歌机会的他在演出舞台上说："这个舞台是所有歌手都梦寐以求的，我尤长靖何德何能，可以站在舞台上唱歌给你们听，我觉得自己很幸福。你们每个人都比我辛苦，谢谢你们。"

节目中经常被张PD夸奖"有长进"

的尤长靖最终以第9名的成绩顺利出道，实现了自己的青春梦想。

Chapter 4

你努力的样子，让人很着迷

比赛就是这样，有人晋级，
必然有人淘汰，勿忘初心，方
能始终；欲戴皇冠，必承其重。

百位练习生舞台首秀，小绵羊化身严厉张 PD

对所有参赛的练习生选手而言，《偶像练习生》是一个全新的舞台。这里既充满了新奇和未知，也充满了机遇和挑战。在这个高端华丽、专业度十足的舞台，百位练习生此次的征程正式拉开帷幕。他们的未来将发生什么，一切都是未知数。

练习生，虽然听起来很酷，但是没出道，什么都不是。从练习生，到万众瞩目的全民偶像，会有多少曲折、有多远距离，没人清楚地知道答案。因此从踏上这个舞台的这一刻起，他们只能选择全力以赴。

刚来到这里的百位练习生，他们有的初出茅庐，懵懵懂懂；有的信心满满，渴望脱颖而出。但不管这些练习生是否已经做好准备，比赛都已然开始。

这次的百位练习生，是从87家公司的1908位练习生中层层筛选出来的，甚至有的已有过出道经历，他们的实力都不容小觑。在导师登场之前，百位练习生先评估了自己的实力，按照A、B、C、D、F五档来进行自我评级。

全员在好奇中完成自我评级后，张艺兴带着说唱导师王嘉尔、欧阳靖，音乐导师李荣浩，舞蹈老师周洁琼、程潇

在选手们的喝彩与尖叫声中惊艳亮相，将全场气氛推至高潮。对于练习生们来说，这些导师都是他们心中敬仰的前辈和偶像，第一次能和他们这么近距离接触，选手内心的喜悦自然不言而喻。

导师团队出场后，身穿一袭卡其色风衣的张艺兴张PD介绍了赛制——所有练习生排名均由全民制作人投票决定，只有走到最后的9人能够成团出道……介绍完后，张PD观察了一下练习生们的自我评级情况，宣布第一次导师评级正式开始。这一次大家发现原本给人亲切形象的小绵羊张艺兴竟变得无比严肃认真起来，他在偶像练习生的舞台上的专业和敬业让人称赞。

带着既紧张又兴奋的心情，练习生们陆续上场。最先出场的是麦锐娱乐的练习生，虽然现场的表现还算不错，表演过程中也获得了在场练习生的肯定，然而在大家都以为能获得不错成绩的时候，导师们给出的成绩却让他们备感意外，最终麦锐娱乐的练习生6个成员3人拿到D，剩下的人仅仅拿到F。

现场的气氛一度变得紧张起来。不过，等到慈文传媒的董岩磊一出场，现场氛围瞬间轻松了很多。他只有10天不到的练习经历，但是心态好，现场金句频出，舞台表现坦然而轻松，即使拿到F也没有沮丧。在后面的节目里，他也成了练习生们的开心果"你的磊子"。擅长Locking（街舞的一种）的许凯皓，曾经获得世界级街舞比赛R16的第3名，基本功扎实。不过他的表演还是被严格的张艺兴老师指出动作有些许不到位，最终拿到了B。

导师们的评分标准非常之严苛，即使是有过出道经历或有多年练习生经验的于斌、梁辉、何东东也没能拿到A。那到底什么样的练习生才能获得导师的认可和青睐，拿到第一个A呢？

经过漫长的等待，部分练习生稍显疲惫，但比赛紧张的气氛却还在持续。

李荣浩、张艺兴被网友戏称为"不容易"组合，张PD时刻追求着舞蹈上的"Balance"（平衡感、协调性），李荣浩则成为第一期搞笑担当，本着"我不能影响他们"的态度，用对练习生们的拳拳关爱之心全方位诠释"严肃脸"。

不过，一位有100万粉丝、出过单曲的练习生终于要出现了。他到底是"何方神圣"呢？

这位神秘的练习生一出场，立刻就引起现场练习生阵阵惊呼。他身材匀称、穿搭前卫、气质出众，等他进入表演状态，立刻以其帅气的台风、到位的舞蹈动作、出色的表演"炸裂"了整个舞台，顺利拿到导师评级的首A——这位用实力征服现场所有人的练习生，就是蔡徐坤。

蔡徐坤强大的实力，给接下来要上场的陈立农，带来一定的压力。不过，还好陈立农的心态不错，给自己评级也仅仅是D而已。

陈立农练习生的练习经历虽然只有3个月，却凭借纯真的笑容、干净的嗓音和感染全场的舞蹈顺利拿到A等级。

香蕉娱乐和乐华的练习生一出场，就因为公司的强大背景和实力受到了大家的瞩目。

"乐华七子"西装皮鞋出镜，贵气十足。成员们都有着超高的"颜值"，同时受过专业的国际训练，有着很强的综合实力，一出场就吸引所有人的目光。舞台表演中，他们也各具特色，表现不错。

香蕉娱乐一行9人，黑白配的服装搭配很是亮眼。9人表演结束，好评如潮。队长林超泽担任主舞和编舞，懂得分享的性格让张PD赞不绝口；作为Vocal担当的尤长靖声音干净，令李荣浩老师非常满意。

又有谁会想到节目首秀里默默无闻

的林彦俊，会在日后的比赛里成为冷笑话的"烂哏王"呢？

果然天空怎么都喊不齐的口号，让现场的氛围轻松不少。队员小鬼因为曾在之前参加过其他节目，所以他的Rap实力是有目共睹的。同团队朱星杰的Rap功力也不可小觑，现场表演的Freestyle气势满满。

得到导师肯定的几组优秀练习生，无不经过高强度的练习和训练，他们背后的付出和汗水让他们在这一刻光芒闪耀。

所有练习生在第一次导师评级结束后，拿到A等级的有7人，B等级的有18人，C等级的有35人，D等级的有20人，F等级的有20人。

第一次的导师评级，就像是他们练习路上的第一个堡垒，不过是一时的得失，之后的努力，以及持续的努力，才能真正决定他们的未来能走多远。

测评进行的同时，全民制作人的投票也在如火如荼地进行。首次评级结束后，新的任务发布了：在3天之内完成主题曲歌曲和舞蹈的学习，并再次进行等级评定。

主题曲拉响 C 位争夺战，竞争愈加激烈

新任务发布后，百位练习生马不停蹄地进入紧张的训练状态。但是，很多练习生还没有适应现在的比赛节奏，对于自己应该做什么、怎么做还有点迷茫。可机会总是留给有准备的人，只有抓住机会的练习生才能登上这个闪耀的舞台。

李荣浩老师担任练习生们的Vocal导师，但让李荣浩老师有些意外的是，100位练习生里面，只有寥寥几人觉得自己是Vocal担当，部分练习生因为缺少表演经验，甚至不怎么会"唱歌"。

主题曲任务要求每位练习生都要唱歌，而每个选手的唱歌水平参差不齐，甚至有人没怎么学过唱歌，这种状况给导师和练习生们都带来了一定的压力。

不过不管有什么样的难题，在分班授课的时候，李荣浩老师都通过自己的方法，解决了每个等级练习生的唱歌问题。他独创的"李氏咳嗽练唱"和"拥抱鼓励"等方法让练习生们获益良多。

即便大家都觉得自己舞蹈有一定的基础，但是当程潇老师和周洁琼老师来教大家舞蹈的时候，还是有很多练习生无法跟上进度。A班和F班的态度都比较不错，给两位舞蹈老师留下很好的印

象。程潇老师还鼓励F班，说这里有黑马，让大家不要放弃，坚持练习。

在拍摄个人验收视频时，蔡徐坤的表演完成度很高，歌词清晰，舞蹈动作和节奏都让人挑不出错，顺利地拿到A等级。小鬼在完成规定的主题曲表演后还加入了自己的创作，给导师们留下深刻的印象，他也顺利拿到A。但是也存在大量的练习生忘词、记不住舞蹈动作的问题，有的练习生甚至直接放弃了主题曲的录制。

在导师休息间隙，对练习生们表现有点痛心的张PD立马给练习生们加油打气。既然选择了练习生这条路，就该风雨兼程、不问归期。

很快，最终的导师评级结果出炉，B班的练习生有3人下降到F班，4人上升到A班；D班1人位练习生直接跳级到B班，5人上升到C班，6人下降到F班；C班只有2人上升到B班，6人升到C班，有27人下降到D、F班。

最戏剧性的一幕发生在F班，李权哲凭借自己的努力和实力，一步跨越多个等级上升到B班，成为最强黑马。F班共有14人实现等级上升，完成了逆袭梦想。A班的成绩压轴宣布，紧张的气氛牵动每一个人的心，遗憾的是最后只有两个人成功留在A班，其他人均有不同等级的下降。

评级结束后，经过练习生们自主投票，蔡徐坤被选为C位。F班经过秦奋的打气，低调努力练习的气氛感染了导师，几位导师商议后，重新筛选出12位练习生加入最终舞台的主题曲MV录制。

很多人没有看到第二次导师评级的重要性，所以在录制验收视频时不够用心，但是年轻的他们不知道，命运赠予他们的礼物早就暗中标好了价格，只有努力才是通往成功的唯一捷径。但是幸运的是，总有更多的练习生能够抓住每一次的机会，发光发亮。

在高强度练习的同时，节目组安排了练习生们跟家人联络。家人的鼓励永远是最温暖的，每个外表刚强的男孩子在给爸爸妈妈打通电话的时候，都忍不住哽咽。不管在外面多苦多累，他们都咬牙坚持着。加油吧，练习生们！

小组两两对决，全民制作人投票决定选手去留

8个对决曲目公布，100位练习生分为8组，共16支队伍，进行男团舞台表演两两PK。每一位练习生都拼尽全力，在舞台上耀眼绽放。

其实，在私下的练习里，导师们看到很多练习生的训练情况并不尽如人意。有的基础差，无法跟上大家的进度；有的人心态不够好，几次打击就把他的自信削弱了；还有的因为一些负面的评价，脸上尽是失望和落寞。

但是好在练习生们无论遇见什么问题，他们都没有放弃。*Dance to the music* 的B组在排练时，队员胡致邦动

作跟不上，而且状态也较为低迷，尤其在看到对手A组相较自己明显更快的进度时，他们的压力变得更大。但是大家还是团结一致地继续练习，胡致邦也在队长的帮助下慢慢跟上了队员们的进度。

第七组表演的 *Get ugly*，在舞蹈练习时，一向温柔的周洁琼老师异常严肃，不断地让A组"重新来"。A组的小伙伴们没有一个人喊苦喊累，而是按照周老师的要求，一遍又一遍地练习，力争找到每个人最好的状态，不辜负周老师的殷切希望。

不仅是在舞蹈上被导师频频点名，很多练习生的唱功也让导师担心。《半

兽人》B组在彩排时问题不断，王嘉尔看过之后，告诉练习生不够狠，而且有"演"的嫌疑。

第四组的《代号魂斗罗》舞蹈和高音部分都比较难。A组的歌唱表现不佳，而竞争对手B组的表现却获得李荣浩老师的夸奖，两组的差距让A组的压力倍增。

不过，这些困难都打不倒练习生们，他们靠着顽强的意志和不屈不挠的拼搏精神，在各个练习室挥洒汗水，最后呈现给全民制作人的都是青春洋溢的高质量舞台表演。

第六组的PPAP，A组队员把可爱、性感、暗黑系等几种完全不同的风格在同一首歌里淋漓尽致地表现出来，现场舞台效果炸裂，赢得了现场观众的喝彩。而B组则扬长避短，展示了最适合自己的风格。

最后一组Can't stop也非常有看头，两组练习生都是实力派。A组Center范丞丞在之前的节目中展示过的只有舞蹈和Rap，不承想他的Vocal也很出色。而B组简直就是7个花美男合集，颜值、舞美、服装、舞蹈样样精致。

只有付出过汗水和心血，才会更觉得舞台上每一分钟都珍贵与难忘。只有

听过批评和建议，才能改掉缺点，迅速成长。练习生们身体力行，用行动证明自己的实力。

排名公布开始前，张艺兴一改平时作为导师高标准、严要求的形象，主持风格跟以往截然不同，制造的各种悬念一度让练习生们紧张到无法呼吸。每公布一个名字，大家都既兴奋又紧张。

让人感动的是，不管是钱正昊的排名前后上升50多名，还是秦奋离开舞台两年又重回自己最爱的地方……每个人的心路历程，张PD都记得清清楚楚。

从第10名到第1名的名次公布当中，李权哲从F班一路高歌猛进到B班又走到第8名。首次排名，蔡徐坤以绝对实力赢得第一，成为距离C位最近的人。最后，梁辉成为最幸运的第60名，在第一轮淘汰中幸存下来。

张艺兴互动教学，李荣浩为实力 Vocal 点赞

鉴于练习生们刚刚经历了地狱般的淘汰，王嘉尔和欧阳靖两位导师进行了轻松的全员公开课，给各位练习生讲了很多舞台上的经验和技巧。

欧阳靖问练习生："如果一起参演电影或者电视剧，可以自己选择女明星，你们会选谁呢？"朱正廷坏笑着说了范丞丞姐姐的名字。他的答案让全场沸腾。范丞丞马上抢过话筒答道："对不起，不行。"说完，练习生们已然笑成一团。

这一群闪光的青年，就是青春最好的诠释。不管他们是笑着闹着，还是哭着互相安慰着，从他们身上，我们仿佛看到了未来无限的可能。

一场简单的互动和分享，让练习生们的心态放松很多。接下来，等待他们的将是更高强度的训练和更加残酷的"位置测评"。

蔡徐坤作为第1名，凭借优先选择权进入了《巴比龙》组。很快Rap组的歌曲就被抢光，其他歌曲也陆续有选手加入，13队分组迅速完成。大家全情投入到紧张有序的训练当中，位置测评的舞台正式开启。

这次位置测评，实际上是每个人特

长真正水平的测评和竞争。比如Dance组有《双截棍》、*Flow*、*Me too*、*Sheep*，每组都是人才济济。随着比赛进程的推进，留下来的练习生的才华和实力都是有目共睹的。

他们不仅有实力，而且练习也非常拼命。《双截棍》的队长周彦辰因为每天只睡两三个小时，练习太过拼命，在彩排时晕倒在舞台上。不过他们的开场舞蹈，气氛燃爆，收获了练习生和现场全民制作人的一致认可与好评。

拼命训练的不只是周彦辰，还有让人惋惜的朱匀一。他们组的表演*Flow*在彩排时发生意外，双胞胎弟弟朱匀一本来是Center，眼睛意外受伤，无法上台参加演出。他们组只得连夜改编舞蹈，重新排练，演出过程中，朱匀一听着自己的Part默默流泪，这一幕不知道拉扯着多少全民制作人的心。

而另外两组的训练相对比较顺利，*Me too*的舞蹈别具一格，让人印象深刻。由于*Sheep*是张PD的歌，所以练习生们在练习的过程中格外努力。即便是在原唱者的面前，他们也表现出超高的水平，赢得了一贯严格的张PD的称赞。

付出从来不是说说而已，练习生们的日夜练习不仅是为了给全民制作人一个交代，也是为了给自己一张满意的答卷。很多时候，也许练习生们自己都分不清，脸上熠熠闪光的是汗水还是泪水。

Vocal组不出意外，给大家带来了一场听觉盛宴。几组Vocal经过李荣浩老师的调教，顺利解决了诸如音色不和谐、高低音音域唱不到位、整体氛围僵硬等问题。

《我怀念的》，尤长靖一开口，声音和感情直击人心，高音也完成得极其出色，每一句都唱到了全民制作人的内心最深处。一首《爱你》唱出了十足的甜蜜感，平时的冷场王林彦俊进步巨大，黄新淳互动满分。

这期给大家带来最大惊喜的是Vocal组《小半》中的周锐，颜值爆表，被全民制作人亲切地称为"周美锐"，导师都感叹周锐是"仙子"。甚至在舞台后，队友就给周锐起了个全新的名号——"锐姐"，气得糙汉周锐跳脚抗议。

*Always online*的表演中，毕雯珺顶住压力，完成漂亮的高音表演，交给了全民制作人一份满意的答卷。*Shape of you*，李老师给了很多指导，最终的演出也是诚意满满。

每个人的音色是天生的，但练习生们如果想要打磨出一副好嗓子，必须靠日复一日的勤学苦练。而《偶像练习生》中的每一位Vocal在展现自己优美的声线时，也向我们展示了"台上一分钟，台下十年功"的扎实功底。

Rap组更是看点满满，如*Artist*的4人深度合作，希望创作出一首能够被大家喜欢、传唱的歌曲。几个队员虽然年龄都不大，但想法和价值观都非常成熟。

Turn down for what，因为有了靖佩瑶和董岩磊的加入，让队长兼Center的秦奋压力山大。不过经过队长的不断努力，两个后进的练习生也迎头赶上。

演绎*Very good*的小组开始不是很顺利，全员之间没有沟通和交流，整体衔接差，经过多次痛苦的改词、讨论的磨合，才终于有了当天舞台上呈现效果极佳的演出。

《巴比龙》小组集合了Justin、蔡徐坤、卜凡、王子异实力强劲的4人，是当天大家最期待的一个组合。而他们并没有让全民制作人失望，现场舞台气氛超好。

而Rap组的努力也都被全民制作人看到，比如歌词戳心的范丞丞、气场全开的小鬼、表现抢眼的Justin等人，都让全民制作人激动不已。

想要力压比自己实力强的人，除了要有努力练习的决心，还要积极思考，如何把自己的优势最大化，如何把自己的短板补齐。

农夫山泉
维他命水

13组的表演完成后，出现了很多令人意想不到的结果。Dance组全员得票最高的是朱正廷351票，获得10万票"加成"。Vocal组得票最高的候选人有尤长靖和毕雯珺，两人同时获得300票，并列第一。Rap组范丞丞以368票领跑全场，成功获得额外奖励。

但是，喜讯宣布完毕也就意味着第二次排名的开始，又有一批练习生将要离开《偶像练习生》的舞台。

第二轮淘汰残酷开启，练习生泪洒舞台

第二轮排名开启前，张艺兴分享了自己的练习经历。每天除了吃饭50分钟和睡觉三四个小时之外，剩余的时间全部都在练习，这样的生活持续了一年半。张PD鼓励大家，努力不会说谎，没做好只能说做得还不够。

Firewalking、*Dream*、*Boom boom boom*、《听听我说的吧》和《我永远记得》5首新歌首发，所有练习生都对新歌非常感兴趣。跟以往不同的是，这次的选歌权给了全民制作人，每个人只有领取到分配的卡片才知道自己分到了什么歌曲。

5组歌曲分组结束，大家马上进入自己的组开始分工，力争留出更多的时间进行练习。因为这次演出很可能是很多练习生在比赛中的最后一次登台，所以顺位公布前夜大家都给自己写了一封信，即便走了也不留遗憾。

如果再过几年，这些练习生再次翻开自己曾经写过的信，他们是会暗暗地笑当时的自己单纯又天真呢，还是会感动到不能自已？

第二天，名次开始公布，每个人都严阵以待。在位置测评中，进步较大的练习生们，都进入34至27名。紧接着，就是26到19名的练习生，他们的努力都被各位全民制作人看到，周美锐因为这

次出色的表现获得第23名。

张艺兴一边公布各位练习生的排名成绩，一边安抚大家的情绪——正是因为害怕才能一步一步走到今天，这是大家进步的源泉。不管是什么环境，现在是比赛就要坚持做自己，越战越勇。

如果付出过失败了，至少这些阳光明媚的青年不会觉得失望或愧疚。如果因为没有努力而被淘汰，他们无法直面自己那颗勇敢逐梦的心。

接下来第18名到第10名的排名开始公布，具有很强编舞能力的林超泽顺利被全民制作人Pick，Jeffrey自信渐长

排名为第13，进步飞快的周彦辰占位第14，第11名练习生是一位"不容易"练习生——秦奋。第10名由酷爱穿貂皮大衣的卜凡收入囊中。

马上就迎来了最关键的第9名至第1名练习生的名次，"小王子"灵超拿走第9名的位置，尤长靖令人出众的Vocal实力为他成功赢得了第8名的位置，为人和善又为团队考虑的王子异，这次站上了第7名的位置。

越是紧张的时候，张ＰＤ就越"皮"，一路名次公布下来，悬念迭出，各位练习生吐槽"被玩坏了"。

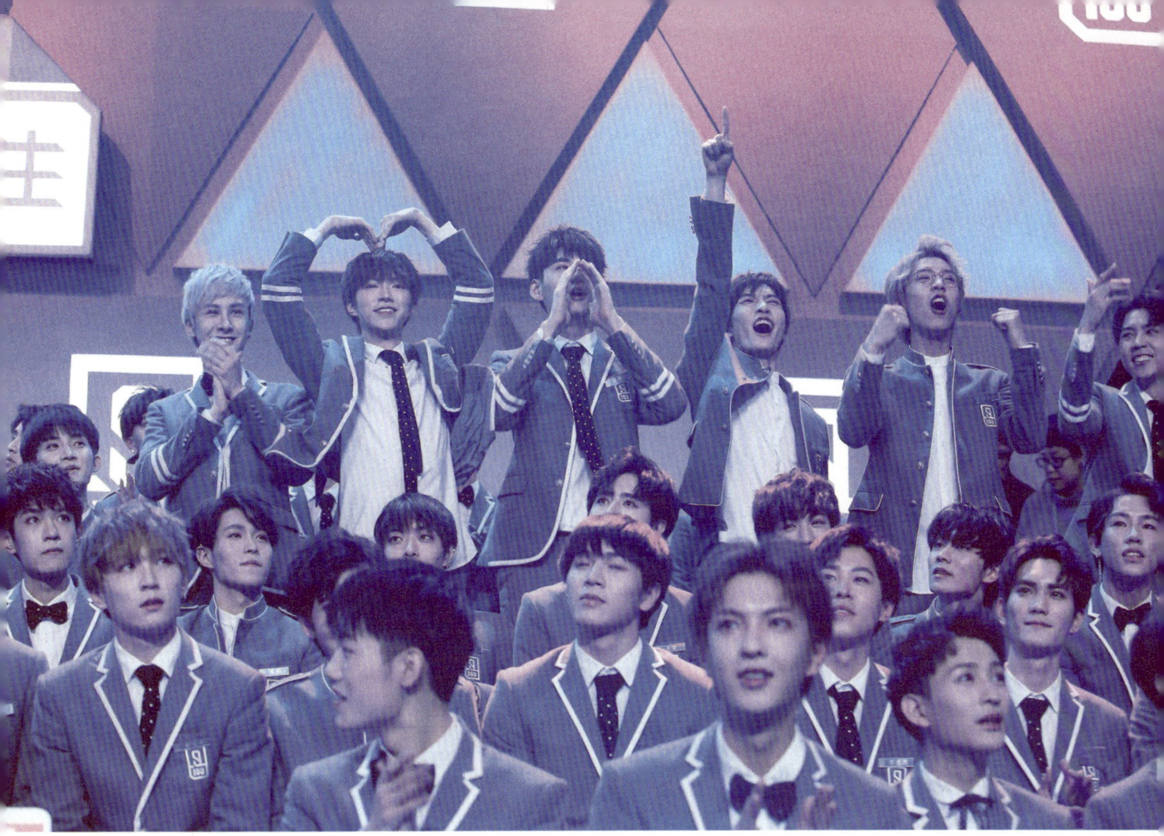

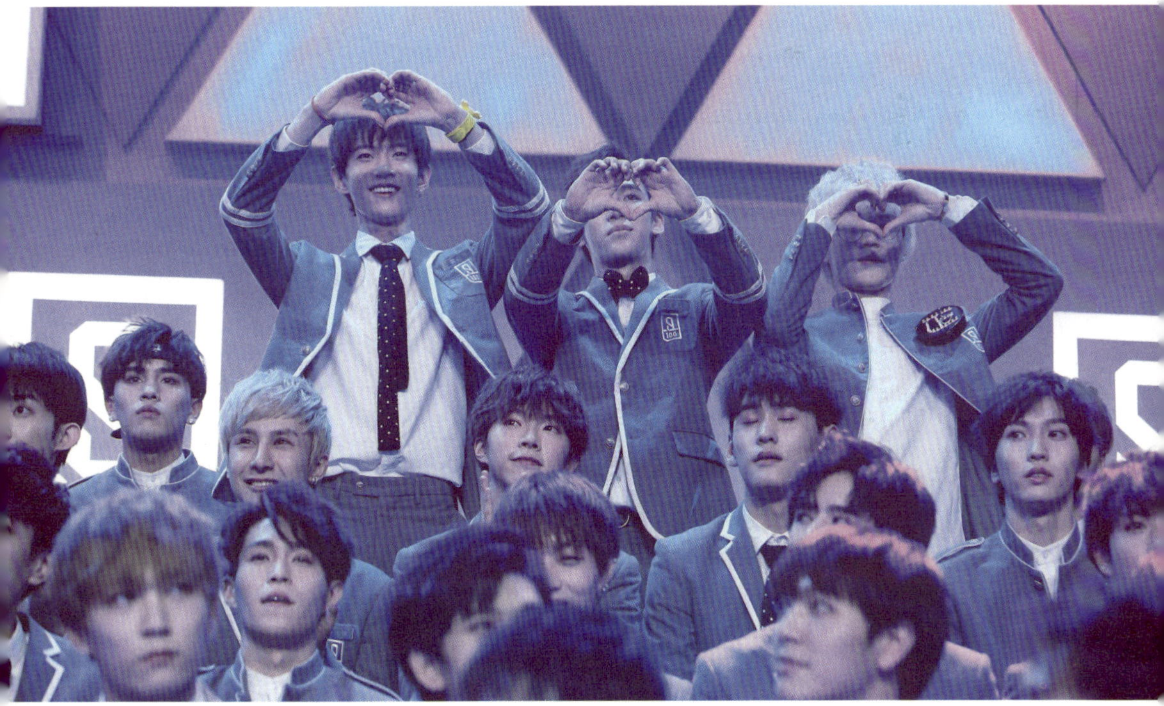

Rap出色的小鬼成功上到第6名，陈立农名次有所下降，本周只排名到第5位。4位C位的候选人出炉，Justin、朱正廷、蔡徐坤、范丞丞均有一战之力。但最后还是蔡徐坤力压群雄，再次坐上C位宝座。Justin、范丞丞、朱正廷分获第2、3、4名。

蔡徐坤在最后忍不住说出自己的心声，他说："自己被大家的热情点燃，虽然这次要分开，但是以后都要好好努力。"最后，唯一的机会——第35名，是嗓音富有感染力兼具实力的李让练习生。

至此，第二次顺位发布已经全部结束。分离让全场练习生泪洒当场。即便是离开舞台的人，也会永远记住这段一起努力的练习生岁月，以及岁月里并肩前行的兄弟。

原创歌曲赛前精心准备，王子异暖心行为感动秦奋

35名晋级的练习生被分成5组，将分别演绎国内外顶尖音乐人为他们量身创作属于练习生自己的歌曲，歌名分别为*Firewalking*、*Dream*、《我永远记得》、*Boom boom boom*和《听听我说的吧》。

公布晋级结果，每组成员因为人数限制均要面临调整，或离开，或加入。面对最新团队的人员调整，练习生们根据各自队内的不同担当挑选出适合自己的成员，组成完整的7人战队。

被调整出去的队员将必须重新学习新队伍的表演，时间紧、压力大，每个人都不想走。为了留下来，每个人都使出了浑身解数，但事实却很残酷。

面对人员调整，《听听我说的吧》组的选择尤其让人心焦，小鬼面对Rap实力都很强的秦奋和王子异，陷入了两难的境地。所以，小鬼用转瓶子的方式让命运来决定自己的队员。第一轮转瓶子的结果是王子异留下，但是王子异看见秦奋略显落寞的表情后申请三局两胜。他说："秦奋是真的很喜欢这首歌，我想给他一个机会，也给自己一个机会。"最终秦奋留下，王子异加入《我永远记得》歌曲的战队。

在竞争与合作的《偶像练习生》中，每个练习生都尽自己最大的努力争取继续走下去的机会，但是过程中依然有很多练习生会帮助和照顾其他的队员。

有时候你的一份谦让和善意，带给他人的是莫大的温暖与感动。

赛前练习状况百出，成员互相扶持前行

5组练习生分别演绎不同的歌曲。

第一组由林彦俊、陈立农、灵超、余明君、林超泽、李权哲、木子洋7位练习生组成，队名：十二分之七，演绎歌曲 *Firewalking*。

排练现场因为队员的离开，忽然空旷起来的教室让队员有些落寞，队长林彦俊用自己的方式给队员加油打气，好让每一个人更热情地投入到训练。状态恢复的队员训练也步入正轨，7位年纪相仿的男生聚在一起打打闹闹，累并快乐着。林彦俊的冷笑话和烂哏让小组成员开心的同时又有些无奈，木子洋甚至放话林彦俊："如果不是在录节目，听到这样的笑话我可能会打你。"

7个人中，陈立农的状态较往常有些不同，他收起被大家所熟悉的真诚而可爱的笑脸，训练也很不在状态。在和林彦俊聊天时，他说出了原因。

陈立农说："我本来就比较喜欢笑，可是一段时间之后，就突然有人开始讲，假，这个东西像是演出来的。我会因为这个事而困扰，我就会去想，笑，是不是不对？内心也开始觉得有些委屈，因为有一些东西它不是事实，可是当别人要这么去想，还要去传播的时候，你会觉得自己真的无能为力。"

每个人在成长之初都会在意他人的言论，面对这些异样的声音，很多人的第一反应都会认为是自己错了。为了顺

从他人的言论，为了让他人满意，自己丢掉了真性情。

在队长林彦俊的安慰和开导下，陈立农那久违的笑容又回来了，整队训练用队长林彦俊的话说就是"稳了"。

第二组由朱正廷、范丞丞、朱星杰、丁泽仁、周彦辰、钱正昊、Justin 7位练习生组成，队名：果然扭秧歌的乐华，演绎歌曲*Dream*。

排练过程中，擅长唱歌、舞蹈功力略显薄弱的钱正昊，明显跟不上队伍的进度，走位屡次出错。跟队员之间明显的实力差距让钱正昊有些难掩落寞与伤心，因为"想找个洞钻进去，自己练完，然后再出来"，于是他申请独自练习。发现钱正昊情绪低落后，小组成员聚集到一起。在大家的帮助下，钱正昊很快便进入状态，训练进度也追上了大家，小组的整体表现也越来越好。一群人可以走得很远，也可以走得很快，同伴的力量很强大，也很温暖。

第三组由韩沐伯、尤长靖、王子异、周锐、毕雯珺、杨非同、Jeffre 7位练习生组成，队名：Don't forget，演绎歌曲《我永远记得》。

最新加入团队的王子异擅长Rap，在此次歌曲部分的练习中出现一些问

题，擅长唱歌的尤长靖、周锐等人向他传授了很多实用的唱歌方法，经过大家的指导和多次练习，王子异的演唱水平突飞猛进，得到了各位导师的夸奖。

人生就是一个不断学习、不断挑战的过程，少不了接受他人的帮助，也少不了去帮助他人，每个人都在帮助与被帮助中成长。

第四组由陆定昊、黄新淳、何东东、岳岳、李让、娄滋博、罗正7位练习生组成，队名：心跳猎手，演绎歌曲 Boom boom boom。

在竞选C位过程中，多名练习生表达了自己的意愿并努力争取，最终娄滋博获选C位，竞选失败的陆定昊心情不再"阳光明媚"，"小太阳"甚至开始怀疑自己，他说："我偶尔也会怀疑，没有获得C位，是不是自己真的不够好？"

面对陆定昊的失落，香蕉娱乐的其他几位练习生围着他，和他谈心，给他支持和肯定，陆定昊也从失落中走了出来，以饱满的精神加入排练。

第五组由蔡徐坤、小鬼、李希侃、郑锐彬、卜凡、秦奋、徐圣恩7位练习生组成，队名：七龙珠，演绎歌曲《听听我说的吧》。

相比较其他四组，这一组替换人数最多，调整幅度最大。在其他组已经排练一周的情况下，这一组却只练习了一天，所以压力也是最大的！队员即使是拼了老命地练，练习进度还是完全没有办法跟其他队伍比，在导师验收表演时甚至出现了忘词、走位出错等低级错误，导师周洁琼直接说表演乱，不像一个团队。面对这样的结果，队员的心情很沮丧、低落。

队长卜凡看到团队的现状，自责、内疚、焦急等情绪集中大爆发，钢铁硬汉也忍不住崩溃大哭，其他队员纷纷过来安慰并加油打气。经此波折后，团队士气大增，团结爆棚，大家珍惜每一分每一秒，持续训练到深夜，给全民制作人交出了一份满意的答卷。

成长道路上，每个人看似都在与不同的人竞争，归根结底，竞争者只有自己，战胜自己的恐惧心理和懒惰即是胜利。

听好了，说的就是你!

在《听好了，说的就是你》游戏环节，节目组采访各个练习生，听他们讲述各自眼中的某个"练习生"，听他们的真情表白和花式吐槽。

灵超：木子洋只对我一人施暴

节目组采访灵超，听他讲述自己心目中的木子洋，他说："大家认为木子洋温柔贤惠，其实他是一个很爱施暴的男人，不对所有人施暴，只对我一个人施暴。我只是对他简单问候一下，他就过来一顿揍。"对此木子洋这样回应："我揍他，是因为我对小弟爱之深、责之切。他年龄还小，我发现他不对的地方就会给他讲。一旦讲不通，我就会去揍他。作为他的大哥，我一定要担起这个责任，每天多揍他一点，每天多教他一点。"

听闻弱小无助的小弟和暴力大哥的讲述，一些人会心疼灵超，然而真相却是另一回事。

面对木子洋的回应，灵超说："你也会有老的一天，到时候把你抓过来一顿打。"对此岳岳做出了合理的评判："施暴这件事也不怪木子洋，小弟有时候'欠'，他会故意装成某个样子踹你一脚，这时候你就觉得，不打他不合适。"

一群朋友中间总会有这样一个人，他很调皮、很爱闹，总是用各种无厘头行为招惹大家，进而被打。正是有这样的人存在，团队的氛围才更加融洽，友谊更加深厚，练习生们的关系也因为这样的"招惹"和"挨打"而越走越近。

卜凡：其实我是一个有童心的"哈仙"

卜凡的外形高大，喜爱穿貂皮大衣。这个T台上高贵冷艳的大模特实在很难让人把他跟童心、可爱联系在一起，但是事实并非如此。在木子洋眼中，卜凡是团队中最傻的一个，他说希望卜凡可以明白"人形哈士奇"这个外号并不仅仅是因为外表，还爆料了卜凡的大名"卜凡凡"。而岳岳眼中的卜凡很萌，和高大的外表反差很大，藏了一颗小朋友的心。采访过程中，木子洋分享了一件关于卜凡的趣事。他说，有一次卜凡来了一个快递，快递小哥没有看清名字是什么，就问："小凡凡在吗？这是小凡凡的快递。"木子洋有些疑惑，小凡凡究竟是谁？后来一想，卜凡这么大个人，却称呼自己小凡凡，或许他的内心一直都有一颗童心。卜凡对此回应："就凡凡咋了？就很可爱啊，你打我啊。"

徐圣恩爆料卜凡会用"宝宝"来称呼所有练习生，直言道："一个如此高大的人，称呼男生宝宝，有一点点恶心。"面对节目组小编姐姐和队员的质

疑，他理论道："为什么朱正廷可以叫人宝宝？大家都是'96年'的，怎么不让我叫啊？他还比我大，怎么了？朱正廷是仙子，我就不能是仙子了吗？我是'哈仙'！戴彩带飘动的那种。"

人真的不能貌相啊，你能想象叱咤T台的高贵冷艳大模特对自己的认知定位是"可爱的哈士奇仙子小凡凡"吗？

Jeffrey：鸡蛋是我最爱的食物

王子异爆料，Jeffrey的鸡蛋非常多，很大一箱，有个可爱的粉红色煮蛋器，每天都拿它煮蛋。经常吃鸡蛋的Jeffrey胸肌练得非常好，跟王子异说得最多的一句话就是："Bro，吃鸡蛋吗？"

关于鸡蛋的数量，郑锐彬这样形容："回到宿舍，你会错认自己到了一个养殖场，鸡蛋多到就算全部人都淘汰、比赛结束，估计都吃不完。"

对此，Jeffrey这样回应："鸡蛋是我最爱的食物，因为健身，我一定要吃鸡蛋。目前有160个，放在户外。鸡蛋对我来说是一个很重要的东西，健康又有蛋白质。"

王子异：我觉得自己说 bro 的时候很酷

王子异很喜欢说bro，有自己代表性

的手势和动作，对此小伙伴们都有不同的看法。

岳岳说，王子异的偶像包袱最重，尤其体现在他出场的时候；杨非同说，王子异身上有一种律动；在娄滋博看来，王子异的bro一定是bro（另一种发音），很是温柔。

对此王子异这样回应："我觉得自己说bro的时候是很酷的。"

林彦俊：把人生用在洗澡上面，不亏

林彦俊在小伙伴们的眼里是一个浮夸的"洗澡小王子"，非常磨叽，一进洗手间就要待一个小时，每天一定要洗3次澡，仿佛把整个人生都用在洗澡上面。

Jeffrey说，他从来没见过一个人，只要踏出门就要先洗澡，光等彦俊洗澡就等了两个小时。

林彦俊说："洗澡是我释放压力的一个方式，我很享受这个过程，因此会延长它。我觉得人生用在洗澡上面，不亏。"

周锐：不要再叫我锐姐了，头痛

《小半》演出时，周锐的"仙子"造型惊艳四座，大批人为周锐的颜值而倾倒，甚至有人称呼他为锐姐。《小半》演出后，周锐的日常发生了些许改

变。郑锐彬说，自从《小半》造型火了，周锐已经完了，这个男人彻底陷入每天仙女状态的感觉。蔡徐坤也爆料周锐每次脸上化着精致的妆，下半身就穿了个拖鞋，在摄像机拍不到的地方，是个糙汉子。

对于小伙伴的吐槽，周锐这样解释："我平时不爱化妆，但是因为自从《小半》之后，大家对我的颜值期待变高了，我不能让他们失望。不知道从哪天开始，很多人都开始叫我锐姐。只要我在门口听见这个词，我就很敏感，我就让他们叫锐哥，头痛。"

蔡徐坤：吃饱了以后，我会很有安全感

蔡徐坤很喜欢吃，他说男生不能太瘦，希望那些减肥的人可以跟他一起多吃一点。光吃不胖的他让很多坚持控制食量的小伙伴忍不住吐槽，周锐说蔡徐坤吃得很多，但就是不胖，可恶的是一天吃四顿；王子异爆料蔡徐坤喜欢一顿吃很多种类的食物，堆在一起吃，才吃得爽。

蔡徐坤说："胃是离你心最近的地方，你吃饱了以后，就会有安全感。我一天吃四顿，完全是为了我的IKUN。粉丝们想要我胖一点，那我就多吃一点。"

小鬼：我一点都不凶，我只是酷酷的

小鬼身上有种酷酷的气质，这种气质给人一点距离感。好人缘的尤长靖也说："我跟这里的所有人都很熟，只有小鬼一句话没有说过，感觉他很凶，不敢跟他说话。"

陆定昊说小鬼是他的噩梦，不知道为什么，或许是因为他自带的气场。某次陆定昊和其他练习生玩游戏，输了被要求去摸小鬼的头。陆定昊当时就大叫着说害怕。在去摸头的过程中，陆定昊一直给自己鼓励，告诉自己是个男人，什么都不应该害怕，跑着去摸了一下小鬼的头后立马跑回，大喊太尴尬。他说自己很怕被小鬼一拳打死。

得知很多练习生都很害怕他，小鬼一脸疑惑地问："我有这么凶吗？凶神恶煞吗？发生了什么？我怎么不记得？我一点都不凶，我只是酷酷的。当你了解我的时候，你就会打开我坚硬的外壳和盔甲，就会发现一个很不一样的奇妙的世界。"

35 进 20 结果公布，练习生讲述成长感悟

根据现场投票结果，在全民制作人眼中最好听的歌曲排名依次为《听听我说的吧》，256票；Dream，234票；Firewalking，151票；《我永远记得》，107票；Boom boom boom，47票。

晋级前20名的练习生分别为蔡徐坤、陈立农、范丞丞、Justin、王子异、小鬼、朱正廷、尤长靖、卜凡、钱正昊、林彦俊、毕雯珺、灵超、朱星杰、林超泽、Jeffrey、秦奋、李希侃、徐圣恩、郑锐彬。

晋级的练习生们每个人都有自己的感想和感触，关于兄弟的离开，关于自己的梦想，关于各自的成长。

蔡徐坤此时把自己的精力放在和导师合作的舞台上面，他认为："学到更多东西，变得越来越强大，就是一件开心的事情。"

得到第2名好成绩的陈立农感谢全民制作人的陪伴。对他来说，来到这里4个月，交到很多好朋友，是一件非常开心的事。

进步很大的范丞丞相较于初次见面自信了很多。他说，虽只有短短的几个月，但他已经把大家当成亲兄弟看待。每一个人离开舞台，他都很不舍，最后祝福所有的兄弟坚持下去，这只是开始。

对于这次的淘汰，Justin弟弟却成长了一些，他说："以前轮到我的时

候，我旁边的椅子已经空了，但这次不一样，有很多哥哥还在这里，就算我们可能会分开，我也希望大家都开心点，不要难过。"

对晋级的王子异来说，这个过程就像他写的歌词一样："I SEE MAN，OMG，速度像747，登上了TOP。"这个酷酷的大男孩正在一步一步朝着自己的梦想前进，他会带着每个支持者的爱往前走，保持谦虚，保持认真。

小鬼说："比赛就是这样，有人晋级，必然有人淘汰。勿忘初心，方能始终；欲戴皇冠，必承其重。"他建议所有人，一定要开心快乐，不要迷失方向。生活就是这样子，每个人都不用想

着未来的路要去怎么走。人生就是如此短暂，没有必要去想未来的路要怎么走。与其如此，不如想想今天的晚饭，不用活得那么复杂。

公布结果当天，心思细腻的朱正廷梳了自己第一天来到这里时的发型，用以致敬自己的初心。他说，当初7个人一起来参加比赛，说好7个人一起走到最后，现实却如此残酷，这次可能是7个人最后一次在这个节目里同台。他希望每个人都能像刚开始那样保持初心，并祝福离开舞台的兄弟可以更认真、更努力，晋级的人会带着所有人的梦想一起走下去。

总感觉总决赛离自己很遥远的尤长靖说，自己现在进入第8名，已经很满

意，感谢一直为他投票的全民制作人。

卜凡说："无论自己在哪个位置都很知足。参加《偶像练习生》是所有人真情实感的一段经历，值得铭记，感谢所有的全民制作人。"

晋级的钱正昊感谢4个月里所有人对他的照顾，一路走来受到很多帮助，他的心里很暖。

林彦俊坦言，参加《偶像练习生》之前，自己胜负心很强。经过几个月的成长，他发现以前的想法很幼稚，现在要和所有小伙伴一起进步、一起努力。

毕雯珺感恩自己走到前20，他说："这是一个既惊吓又惊喜的礼物，希望自己能够把心态放好，继续走接下来的路。"

晋级的灵超对即将离开的小伙伴说："走的时候，不要走得太快，记得要多留意一下自己来的时候走过的路。"

面对很多练习生的离开，朱星杰有些感慨、有些难过，他希望大家的友谊能够长久地维持下去。

林超泽对自己的晋级感到幸运，他感谢偶像张PD一直以来的照顾和引领。越努力，越幸运，这一次的晋级都是练习生们努力的结果，值得鼓励。

晋级的Jeffrey说自己刚来这个节目时有些害怕，因为没有练习生的经验，与此同时，别人都很优秀、很厉害。他

的家人告诉他，没有谁一出生就是成功的，都要靠一步一步拼过来。Jeffrey一直牢牢谨记这句话，坚持不通过任何人的任何途径或者关系崭露头角，只想认真做好自己，做好全民制作人的Jeffrey。

秦奋说："我们每个人都有魅力。有优点，我们把魅力优点展现在舞台上，就不会有遗憾。比赛本身就是一场残酷的选拔，总有人要离开，对很多追梦的人来说，展现过美好，已经值得铭记，努力过，就不留遗憾。"

李希侃感谢小伙伴的共同努力，表示："已经努力过就好，没有什么遗憾。"

有些激动的徐圣恩表示自己现在有点腿软，本来以为自己将要离开舞台。他感谢支持他的全民制作人，给了他留下来的机会。

最后一个晋级的郑锐彬感谢无以为报的全民制作人。他会努力，不辜负最后一次机会。

不论是晋级，或是离开舞台，《偶像练习生》都只是这群青年人生中一个有意义而又崭新的起点。人生才刚刚开始，努力也才刚刚开始，青春洋溢的青年们，前路漫漫，不必着急。

蔡依林现场分享出道感受，为练习生答疑解惑

节目组为帮助练习生更好地成长，邀请了蔡依林老师来到节目现场。节目中，她讲述自己的出道感受，并为练习生们解惑答疑。首先，蔡依林分享了自己出道时的故事：

"我出道时虽然很红，但我并不觉得自己很成功，我也不知道自己为什么会红，我好像并不是特别开心。那时候大学教授建议我不要唱歌，让我好好念书。我的内心在告诉我，他们批评我都是对的，因为我真的没有放心思在唱歌上。我给自己这样的理由。那时候我很茫然，也没人告诉我该怎么办。心里没打开时，观众可以感受到你的紧绷，知道这个人真实是什么样子。

"那时候我一直都有很重的保护色，一直到后来，我开始觉得自己好像身心俱疲，最糟糕的状况是我不想唱了。我觉得好像没有什么值得我留恋的了，因为我觉得不开心。

"后来花了很长时间，只要一放假，我就学不同的舞蹈，学有关表演的东西，包括做蛋糕。当你开始留时间给你自己的时候，你就会一点点抽离，你就会知道，这与你在做某些事情是一样的道理，你常常要客观地跳出去看一下自己。"

蔡依林分享完自己的故事，练习生们也纷纷说出自己的疑惑寻求解答。

第一个提问的是尤长靖，站起来

时，他裤子上还残留着食物留下的印记，引得现场所有人大笑。他问蔡依林老师，有没有什么推荐的减肥方法。蔡依林告诉他，要把自己身体的代谢率提高，多喝水，并爆出她自己每天的喝水量。

朱正廷说自己很要强，希望身边的人都能喜欢他，然而现实好像并不能如意，他不知道该怎样面对这种状况。蔡依林告诉他，曾经的自己也有相同的问题，因此首先要把自己的功课做好，如果舞跳得不够好，唱歌会喘、会走音，自己一定要去面对它，把它学好，这样自己便会问心无愧。如果别人还是会批评一些有的没的，自己会在家里骂脏话。她用开玩笑的方式告诉朱正廷，要

正确看待外界的评论，做好自己该做的就好。

对于朱正廷提出的问题，蔡依林指出了关键点，她说，练习生们现在年纪都还很小，这个阶段会有自信心的问题，因为他们都还没找到自己真正的才华，或者无法肯定地说自己很棒。她告诉练习生，每天要问问自己，今天哪些东西做得超级棒。长久地积累，自信心会积累起来，不用别人告诉他自己很棒。每个人都要真实地觉得自己做得很好，才不会把自己活成一张玻璃纸，别人的声音也就很容易进来。

蔡徐坤听闻蔡依林拍MV的故事，被她的精神所打动，便询问蔡依林，究竟

是什么样的精神和信念在支撑着。蔡依林告诉他，每个人的身体都是自己最好的财产，一定要好好保护，同时要有意志力，无论做什么事情，都一定要把它做好。

林彦俊问蔡依林老师，她有没有什么十分害怕的事情。蔡依林说，以前的她很害怕讲话，她觉得自己不是一个逻辑性很强的人，自己很随性，很自觉。现在的她认为，每个人并不一定要变成一个演说家，做自己就好，把自己想说的话说出来就好，每个人都有自己的风格。

随着节目的播出、比赛进程的推进，练习生们都受到越来越多的关注，林彦俊也不例外，他担心自己受到的关注会影响到自己的家人和正在上学的妹妹的生活。蔡依林鼓励他："如果你的态度是，我上这个节目一定要让我的家人以我为荣，你不要觉得是很负面的事，也许会有不一样的感觉。例如你今天就是要让你妹妹觉得，我哥在电视上就是最帅的那一种。保持这样的心态，就不会有这些烦恼。如果需要你捍卫，你就站出来保护他们。"

安静的王子异也有自己的苦恼，他说很想做自己，如今又慢慢没办法做自己，很多时候要去考虑别人的看法，自己的看法就没有之前那么勇敢坚定。他感到疑惑，比如这是一件衣服，大家喜欢，但是自己不喜欢，自己是去穿这

件衣服还是不穿？蔡依林给出了这样的回答："如果是我的话，我就会去试试看。我穿上去，大家都觉得它好漂亮，我穿上去就觉得不适合我，那我为什么要穿？如果你有这个想法，你就先去行动，不要一直卡在脑海里，不要把不必要的烦恼放在身上。如果你今天觉得这个东西大家都说好，那你就去试试看，你会发现根本没有那么好。就像一间拉面店，大家都说它家的面很好吃，但其实你根本不喜欢，为什么还要去呢？我也穿过很多不适合我的东西，那又怎么样？我们因为错误而精彩。"

从普通人迅速成为大众热议的练习生，短短几个月内接受了太多的关注，每个青年都有自己的烦恼，都需要一个老师来告诉他们：人生就是这样，想要过上另一种瞩目的生活，就要承受这种生活带来的压力和舆论，这是不可避免的一部分。

练习生三问

刚来《偶像练习生》时是一种什么样的想法?

当被问及刚来时候的想法，Jeffrey说当时写下那封给4个月以后的自己的信时，自己很没有自信。

蔡徐坤不敢想自己最后的成绩以及是否能出道，或许对那个看不清未来的自己来说，来到这里只因为自己喜欢站在舞台上唱歌跳舞罢了。他说，从《巴比龙》那一场表演开始，他看到台下有自己的灯牌，很开心，很幸福。

小鬼说，他刚来的时候，对于男团出道没有什么概念，抱着试一试、玩一玩的心态来到这儿。

范丞丞坦言，刚来时觉得自己能走到哪一步就是哪一步，只是希望自己能得到更多的学习，多累积一点经验：现阶段，成长了一些，收获了一些，也想去尝试追求自己想得到的东西。

尤长靖说自己当时的心态和现在有点不太一样，那时候并没有人认识自己，直到有一次张PD在公布成绩的时候，说尤长靖有长进，自己在进步，才真真实实感受到了有个那么大的弧度在变化。

李希侃回忆自己第一次站上舞台的经历，他说感觉浑身在起鸡皮疙瘩，血液在沸腾，仿佛那个地方就是为自己量身打造的，应该这辈子都站在上面一直不停地跳舞。

农夫山泉
维他命水

如果自己未能出道，会怎样？

在这个沉重的问题下，每个练习生都有自己的回答，尤长靖并没有说自己付出没有回报会有多失落，反而说自己会回到公司吃减肥餐，不想吃减肥餐的他觉得很可怕。对他来说，不能出道的悲伤和失落无法言说，吃减肥餐的回答或许是一个更好的代替。

如果不能出道，灵超更多的表现是自责，他说怪自己，很愧疚自己对不起全民制作人。

一直很安静的王子异说，他感觉很多机会中又错失了一次。如果输了比赛，他就把自己关起来练，一个人默默

承受这份努力而不得。

朱正廷失落地说，他应该会回到练习室继续练习。曾经的他参加过类似的节目，选择再度出发已经用了太多的勇气。如果这次不能出道，他也不知道什么时候才能出来，也不知道下一次需要多大的勇气。

林彦俊说，他会回去，洗一个澡，睡一觉，隔天上午9点钟到公司报到，开始训练，吃一些公司的餐，不能点外卖，又要被罚跑步，回到从前日复一日的训练生活。

蔡徐坤坦言，会回到什么样的生活他不敢去想象。之前也经历过一段时间粉丝看不到他，即使现在被问这个问

题，他还是不敢去想。

林超泽说，他有可能会哭，有可能笑着下台，但是只有站在台上那一刻才是活着的。

陈立农说，只要足够努力，结果不会辜负你，无论时间过了多久，自己的梦想依旧没有变，还是想要出道。

卜凡会回去练习，毕竟练习室的灯还亮着，他说要对得起"每天都在进步"这几个字。

钱正昊认为不能对不起全民制作人和支持自己的人。

小狐狸李希侃说要把自己的表现力全部拿出来，让全民制作人知道，自己值得大家支持。

而范丞丞则想要拼尽全力去争取自己想要的东西。

每个选择来到《偶像练习生》的练习生都对这个重大的决定寄予了一定的期望，希望自己的努力有所回报，希望能真正站到那个太闪耀、光芒四射的舞台上，为喜欢自己的人表演。正是因为带着梦想来，回到原点才让人无法接受。

如果出道了，有什么要对自己说的吗？

在最终结果还没出来前，每个练习生被问及，如果自己出道有什么要对自己说的话。有的人感谢一路的付出，有的人感谢一路陪伴自己的人，有的人讲

述自己接下来要做的事情。

　　每个少年在踏进《偶像练习生》之前都有个大大的梦想，想出道，想让自己被他人看到并喜欢，想成为自己想要成为的人。

　　梦想是个太美的词，但逐梦的过程没那么一帆风顺，实现梦想的人也总是寥寥无几。对这群少年来说，或许为梦想拼搏过，就已经心满意足。

两首歌曲 C 位竞技

此次竞选C位，每个练习生依次在C位跳舞并录制视频，结束后练习生们共同观看视频投票表决。

在歌曲*It's ok*的C位竞选过程中，灵超的舞蹈很整齐，引得小伙伴大呼C位就是他，对他的评价是跳舞越来越好看，从小超人变成了大超人。对于李希侃，小伙伴们的评价是像狐狸精在跳舞，是一个少女杀手，帅气到已经不是半兽人，而是兽人。

Justin作为人气选手，由于长相酷似某明星，引得现场的小伙伴唱起了《雨爱》，他说视频里的刘海是自己剪的。

而毕雯珺作为一个实力型选手，他的表现越来越稳，表情管理也好了很多。

毕雯珺专注在Vocal上面，声音很好听。

最终，林彦俊成功获得歌曲*It's ok*的C位。

在歌曲*Mack daddy*的C位竞选过程中，钱正昊的表现让小伙伴们大喊很帅。朱星杰这样评价自己的表现："简洁有力，这位选手给人的表现是非常有状态的，在Part里面很投入。"朱正廷再一次掀起自己的衣服，露出了他的八块腹肌。范丞丞评价朱正廷把男人的性感和魅力诠释得很好，而自己在跳舞时摇摇欲倒，点了两次头，让小伙伴忍不住大笑。卜凡由于身高问题，在蛇形走位时被评价跳舞进步很多，做Wave（摇摆）很有质感。

在小伙伴眼中，蔡徐坤私底下是个很害羞的人，一开始是妖艳的帅，现在是很男人的帅。陈立农凶凶的样子被大家直呼可爱，完全凶不起来，并认为他现在的笑相较于一开始多了点故事，舞蹈进步很多。酷酷的男孩王子异舞蹈很稳，很会找角度展示自己像墙壁一样有棱角的脸，很是帅气。

最终，蔡徐坤获得歌曲*Mack daddy*的C位。

对话练习生，说出心里话

又回到最初的起点：还记得我们第一次见面的样子吗？

每个练习生都换上第一次与全民制作人见面时的服装，现场放起了《那些年》的音乐。

Jeffrey说，一百天前，自己站在这里，紧张地唱着歌。那时候，陈立农站在这里向各位练习生打招呼，让大家搜索他的微博：超级农农。尤长靖第一次便用唱歌的方式介绍自己，他希望大家知道，自己是一个"Vocal尤长靖"。

李希侃遮住自己的脸介绍着自己，他说："我是来自麦锐娱乐的李希侃，至于我长什么样子呢？差不多就是这个字：小——脸小、嘴小、鼻子小、眼睛也很小。4个月之后，我跟以前相比已经强大很多了。这几个月里，你们给了我很多自信。"

毕雯珺站在同样的地方，穿着同样的衣服，介绍自己是来自乐华娱乐的"天气预报员"毕雯珺，现在的自己已经可以从眼神中看出和之前的不同。

以前不太爱说话的王子异进了节目后，受到很多人的支持和喜爱，变得开朗了许多。

陈立农讲述粉丝给自己的鼓励，他说："记得在一段时间里面，我的状态不是很好。那个时候我收到很多信，信里面通常都写着'农农，你要做自己，你要开开心心的，不能被其他人的一些言语而左右了真实的自己'。"

林彦俊回忆初次见面，他说自己的目标是登上偶像练习生的顶点，成为最强的男人，不过遗憾的是，自己好像一直没有做到这件事，但是从《代号魂斗罗》《爱你》到 *Firewalking*、*Zero*，全民制作人一路的鼓励跟支持，让他更有自信去完成每一个舞台动作。

经过4个月的相处，那个紧张的"忘词王"范丞丞变得越来越自信，现在是大家很喜欢的福西西；冷酷外表下有一颗卡通人物心的"胡巴"朱星杰因为大家的温暖和团结而改变；"小超人"林超泽虽没有变白，却越来越优秀，因为

大家的支持，他充满了力量和勇气。

钱正昊感恩过去的4个月，他说自己一直在努力地进步，谢谢大家给他的机会，让他在 *PPAP*、《小半》、*Dream* 和 *Zero* 里面展现了不同的一面。

比过去优秀很多的朱正廷感谢背后那股一直支持他的力量，感谢他心爱的珍珠糖，每一次尝试、每一次变化，珍珠糖都给予了他满满的支持和爱。

卜凡说："就是有了这么多沉甸甸的支持，才有了我在这里这么多美好的第一次。在F班，我第一次为自己所追求的事彻夜奋斗；在《巴比龙》的舞台上，我第一次绽放了自己的青春。"

郑锐彬回忆第一次穿上粉色衣服时

那种开心的心情，他觉得自己没有让支持的人失望。

"鸡蛋小王子"Jeffrey第一次在舞台上听到有人喊"Jeffrey"，那一刻才知道，有很多人支持他，比想象中的要多很多，对此他感到很幸福。

来到《偶像练习生》，每位练习生都收获了很多，不管是外界的关注，还是自身的成长。

陈立农的微博关注也从原本的四位数变成了现在的几百万，从一个无人认识的男同学，成了"超级农农"。徐圣恩也在《听听我说的吧》舞台上看见了自己的应援手幅，这让他觉得幸福。灵

超在每次公演的舞台上都能看见自己的灯牌，听到自己的名字被呼喊，他感谢每一份遇见、每一个支持。秦奋感谢为他卖力地投票，甚至不小心摔坏了神仙水的全民制作人。

蔡徐坤感谢IKUN一直守护在他身旁，他知道，自己不再只有自己，身后的千军万马一直在。在朱星杰心中，为那些爱他的人努力是最值得的事情。朱正廷愿意为了珍珠糖接受一切打磨，想要带给他们更多的东西。可爱的Justin对粉丝表白："在以后的日子里，无论你们是难过还是开心，你们的身后永远都有Justin和他的秘密基地在等着你们、陪伴着你们，所以我也希望，在接

下来的日子里，你们能够陪着Justin一直一直走下去。"

钱正昊希望在未来的日子里，自己能够成为全能超人，去保护自己爱的人。林彦俊要以更好的表演回报支持者。"小超人"林超泽要继续黑到发光，努力做最耀眼的小超人。王子异感谢大家让他更勇敢做自己喜欢的事情。

来到节目，练习生们得到了很多的爱，这份沉甸甸的支持让他们懂得了感恩，更拥有继续努力下去的勇气。

9 位练习生结果公布，多位练习生泪洒现场

　　漫长的4个月，练习生们经历过太多辛苦训练的日子；短暂的4个月，一不小心就走到了最后一天，这群人由最初的不认识不了解到成为非常好的朋友，却又要在今天开始和一些人说再见。

　　在公布结果之前，大屏幕上播放练习生的父母及兄弟姐妹们发来的祝福视频，很多在外逐梦的少年看到亲人忍不住泪流满面。

　　20岁左右的年纪，这群青年努力去追寻自己想要的东西，总以为无坚不摧，却在亲情面前依然是个脆弱的孩子。

　　父母们纷纷表达了自己对孩子梦想的支持，即使自己需要忍受思念的苦。

　　明明是自己想要的东西

却让你们付出了那么多

所以，一定要成为

让你们骄傲的那个人啊

　　经过4个月的辛苦付出，练习生们均取得了很大的进步，收获了大批全民制作人的喜爱，经过投票，最终9位练习生幸运出道。

　　第1名　是一直以来表现优异的蔡徐坤，自身的优秀加上刻苦的努力，赢得最高票数，最终C位出道。

　　第2名　是来自传奇星娱乐，给大众留下深刻印象的爱笑的农农，自身的清新很能感染观众，自参加《偶像练习生》以来，舞蹈基础薄弱的他进步很

多，舞台表现受到导师多次夸奖。

第3名　是来自乐华娱乐，被人戏称为"万年老三"的范丞丞，刚开始留给大众的印象是那个紧张的"忘词王"，如今的他已经是一名优秀的偶像，正走在越来越宽广的路上。

第4名　是来自乐华娱乐的弟弟Justin，年纪虽小，却有很棒的舞台表现力，实力非凡，收获了一大批粉丝的喜爱。

第5名　是来自香蕉娱乐的"冷笑话小王子"林彦俊。张PD宣布他晋级时，激动的林彦俊忍不住热泪盈眶，在舞台中央停下，趴在地上亲吻这个对他来说意义重大的舞台。很多粉丝也忍不住泪

奔，这个大男孩终于实现了自己的梦想。

第6名　是来自乐华娱乐的"人间仙子"朱正廷，出色的外形条件、柔美的舞蹈、强大的舞台表现力给观众留下了深刻的印象。

第7名　是来自简单快乐的BOOGIE王子异，一个皮肤白净、浓眉大眼、有些安静却才华横溢的大男孩。他说，如果出道不了，会把自己关起来练习舞蹈唱歌。恭喜这个一直在向上的青年实现了自己的梦想，越努力越幸运。

第8名　是来自果然天空的小鬼，这个自身气质带给其他小伙伴距离感的男生一直以来都有出色的表现，深受全民

制作人的喜爱。

　　第9名　是来自香蕉娱乐的尤长靖，4个月的时间里，尤长靖一直走在有长进的路上，出色的Vocal和自身的努力，让他突出重围，实现了自己出道的梦想。

　　4个月的《偶像练习生》就这样结束了。

　　生命中 来来回回

　　随时在接纳 潮起潮落

　　一路遇见 一路再见

　　终于我们来到 告别这一天

　　不知道还会不会见 至少要好好说再见

没有一帆风顺的旅途

也没有一蹴而就的成长

但依然要感谢选择的每一步路

再见 一去不复返的旧时光

生活还给我们一个崭新的开始

我们从不同的生活

跑进了同一个节奏

有人拼命练气息

有人拼命地减肥

练着练着 跑着跑着

在这里我们练就了更好的自己

狭小的空间

藏不住大大的梦想

成长就是这样

不断地告别 不断地遇见

但是我们还有一句告别

要用一种 特殊的方式

Chapter 5

余生很短，和有趣的一切在一起

越努力越幸运，未来可期，

我想和你一起走。

《Ei Ei》偶像练习生主题曲

Hey下一秒 向你靠近

梦已 准备就绪

Show u我的心 绝不放弃

I'm the one you want不需要迟疑

绽放 所有 光芒shining

只想 为你证明

你整个世界 被我占据

I'm the one you want绝无可代替

幸运的视角

都为我聚焦

你的每个决定是我 渴望的骄傲

让犹豫走掉

选择我就好

请你为我 的努力而尖叫

Hey u hey u hey pick me Ei Ei

Hey u hey u hey pick me Ei Ei

Let music going round round round

round round

听到你为 我欢呼尖叫

Hey u hey u hey pick me Ei Ei

Hey u hey u hey pick me Ei Ei

Let music going round round round

round round

听到你为 我欢呼尖叫

Hey别在意 嘈杂声音

注视 我的眼睛

精心调配完 美的表情

I'm the one you want不需要刻意

幸运的视角

都为我聚焦

你的每个决定是我 渴望的骄傲

让犹豫走掉

选择我就好

请你为我 的努力而尖叫

Hey u hey u hey pick me Ei Ei

Hey u hey u hey pick me Ei Ei

Let music going round round round

round round

听到你为 我欢呼尖叫

Hey u hey u hey pick me Ei Ei

Hey u hey u hey pick me Ei Ei

Let music going round round round

round round

听到你为 我欢呼尖叫

Let music going round round round

Let music going round round round

Let music going round round round

Let music going round round round

Hey u hey u hey pick me Ei Ei

Hey u hey u hey pick me Ei Ei

Let music going round round round

round round

听到你为 我欢呼尖叫

Hey u hey u hey pick me Ei Ei

Hey u hey u hey pick me Ei Ei

Let music going round round round

round round

听到你为 我欢呼尖叫

Let music going round round round

Let music going round round round

Let music going round round round

Let music going round round round

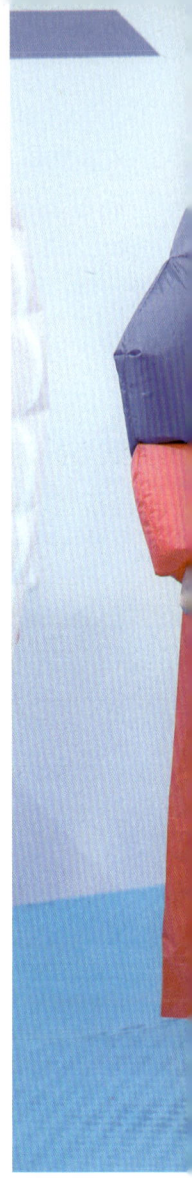

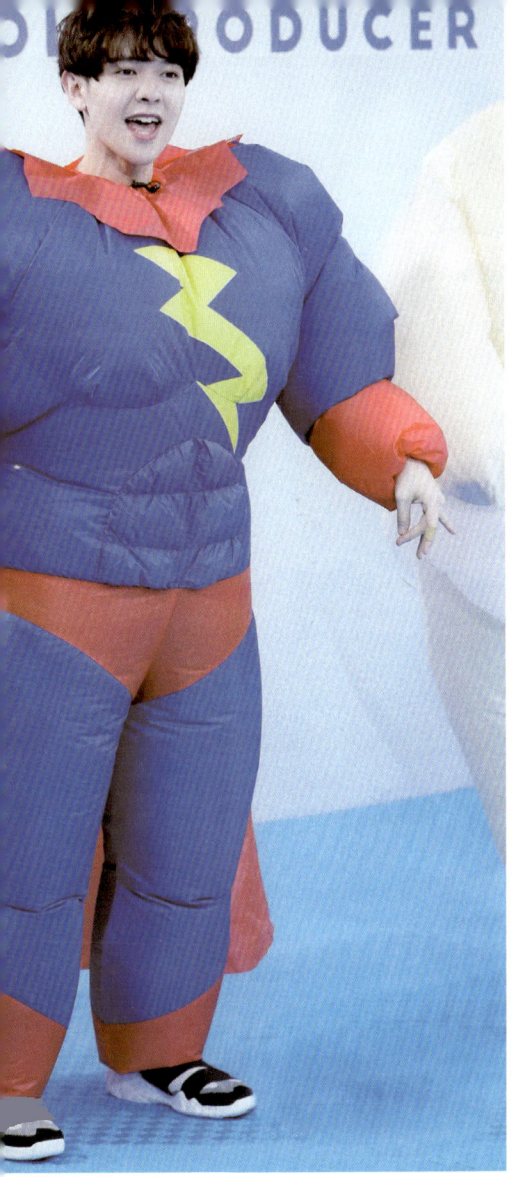

《**偶像练习生**》| IDOL PRODUCER

联合出品

爱奇艺文学（@ 爱奇艺文学）
北京博采雅集文化传媒有限公司
所以图书（品质阅读·理想生活）
台海出版社

总 策 划 | 易涵辰（@ 易涵辰）
总 监 制 | 姜滨 冻千秋 江俊
出版统筹 | 李银凤 董志强

选题策划 | 易涵辰 崔帅 白丁
责任编辑 | 刘峰 贾凤华
文字统筹 | 秋木 洋气杂货店 DTT 萍儿
发行统筹 | 冯建华 李重华 孟宁宁 刘柏瑞
装帧设计 | 壹书工作室
特别鸣谢 | 秋木 洋气杂货店 饼干
营销支持 | 新浪微博 亚洲好书榜

图书在版编目（CIP）数据

偶像练习生/爱奇艺文学编著 . -- 北京：台海出版社，
2018.8

ISBN 978-7-5168-2019-3

Ⅰ.①偶… Ⅱ.①爱… Ⅲ.①随笔 – 作品集 – 中国 – 当代
Ⅳ.① I267.1

中国版本图书馆 CIP 数据核字 (2018) 第 154500 号

偶像练习生

编　著：爱奇艺文学

责任编辑：刘峰　贾凤华　　　　　　　　装帧设计：壹书工作室
选题策划：易涵辰　　　　　　　　　　　责任印制：蔡旭
出版发行：台海出版社
地　　址：北京市东城区景山东街 20 号　　　邮政编码：100009
电　　话：010 – 64041652（发行，邮购）
传　　真：010 – 84045799（总编室）
网　　址：www.taimeng.org.cn/thcbs/default.htm
E-mail：thcbs@126.com
经　　销：全国各地新华书店
印　　刷：大厂回族自治县德诚印务印刷有限公司
本书如有破损、缺页、装订错误，请与本社联系调换
开　　本：700mm×980mm 1/16
字　　数：60 千字　　　　　　　　　　　印　张：15.5
版　　次：2018 年 8 月第 1 版　　　　　　印　次：2018 年 8 月第 1 次印刷
书　　号：978-7-5168-2019-3
定　　价：88.00 元